대장장이 왕 6

허교범 소설

아리셀리스와 라토가 마침내

그들을 옭아매던 예언을 완성한다

위즈덤하우스

Ⅰ 오카브가 태양의 눈부심과
여신의 자애로움을 동시에 느낀다

Ⅱ 플리니와 마르쿠스의 군대가 스타인으로
질주하고 레푸스가 반역을 외친다

Ⅲ 데스커드가 위험한 상황에서 실없는 농담을
내뱉어 투란의 꾸지람을 듣는다

Ⅳ 카르멘이 도약해 검은 하늘을 부수고
암흑에 몸을 내던진다

Ⅴ 아리셀리스와 라토가 마침내
그들을 옭아매던 예언을 완성한다

Ⅵ 받아들이기 어려웠던 명령의 의미가 밝혀지고
아네시가 흘린 눈물을 후회한다

Ⅶ 에이어리가 자유 동맹의 역사에 흐르는
내막을 밝혀내지만 꾸중을 듣는다

Ⅷ 나, 이름을 밝힐 수 없었던 관찰자가
루 도인의 창조에 얽힌 이야기를 들려준다

I

오카브가 태양의 눈부심과
여신의 자애로움을 동시에 느낀다

일곱 살인지 여덟 살인지 아홉 살인지 정확히 알 수는 없었지만 에이어리가 처음 대장장이 신의 신전에 찾아왔을 적에는 말을 거의 하지 않고 입을 꾹 다물고 있었다. 그러나 나이를 물었을 때는 정확히 손가락을 여덟 개 펴고 오른쪽 엄지와 검지만 구부렸다.

-저 아이가 여덟까지 셀 줄은 아는 걸까요?

에이어리를 자식처럼 걱정하는 가르젠은 오카브의 물음에 망설임 없이 고개를 끄덕였다.

-물론입니다. 에이어리 님은 똑똑한 분입니다. 함께 여기까지 오는 동안 그걸 여러 번 증명했지요.

가르젠은 몇 달째 오카브와 에이어리의 수업에 참석하고 있었는데 오카브는 좁은 집에 덩치가 큰 사람이 들어와 있는 것이 여러모로 거슬렸지만 따로 말하지는 않았다. 가르젠의 걱정을 이해할 수 있었고 세상이란 어차피 불편한 일로 가득

했으며 오카브는 신전에 얹혀사는 처지였다.

–그럼 말은 왜 안 하는 겁니까?

–하고 싶지 않은 것 같습니다.

–하긴 대장장이 왕이 꼭 말을 해야 할 필요는 없지요. 신의 능력이 말에 깃드는 것도 아닌데요. 지금부터 나무야 너는 수레가 되어라, 한다고 수레가 되는 것도 아니고.

–그렇습니다.

–하지만 저 녀석이 제대로 이해했는지 확인하려면 말이 필요해요. 누구를 가르쳐 보기는 처음인데 최소한 말이 통하는 녀석을 가르치고 싶어요. 그게 아니면 강아지를 훈련하는 것과 뭐가 다르겠습니까?

–에이어리 님이 원하시면 말을 하게 될 것입니다.

오카브는 세상 만물에 원인이 있다고 믿는 쪽이었다. 제국 학자 중에서 쓸데없는 것을 연구하기 좋아하는 사람들이 있는데 사람들은 그들의 학문을 기원학이라고 불렀다. 기원학은 말 그대로 모든 것의 시작을 탐구했고 당연히 궁극적인 목적은 세상의 시작을 밝혀내는 것이었다.

기원학자 중에는 만물이 신에 의해 창조되었다는 사람들이 있는데 당연히 그 신은 대장장이 신으로 여겨졌다. 이들은 대장장이 신이라는 허무맹랑한 이름을 창조신으로 바꾸자고 주장했지만 사람들의 입버릇이 대장장이 신으로 한번 굳어지고 나니 아무리 말해도 씨알이 먹히지 않았다. 제국에서 대장장이 신을 섬기는 신앙이 금지되고 나서는 창조신이라는 말 대신 미지의 신이라는 말도 사용했다. 어쨌든 정치적으로 곤란한 입장에 처해 이들은 자기가 하고 싶은 말을 대놓고 하지 못하는 신세가 되었다.

그 외에도 마법의 힘을 모든 힘의 근원이고 만물이 생겨난 원리라고 주장하는 사람들이 있었는데 그들은 당연하지만 제국의 마법사들과 깊은 연관이 있었다. 어차피 제국에서 마법사란 이름이 붙은 사람들은 마법을 사용할 수 있는 재능도 없고 그저 이론적인 연구만 하는 사람들이었다. 오카브가 생각하기에는 기원학이나 제국의 마법사나 쓸모가 없다는 점에서 잘 어울리는 조합이었다. 그들이 마법의 기원에 관해 내어놓는 설명은 오카브의 머리로 감당할 수 없어서 여러 번 거듭 읽어도 이해가 가지 않아 그냥 넘어가 버렸다.

그리고 비교적 최근 생겨난 학설도 있었다. 세상을 구성하는 근본적인 힘 두 덩어리가 존재하는데, 이것들이 충돌을 일으켜 그 입자가 온 세상으로 퍼진 덕분에 세계가 시작되었다는 내용이었다. 이것을 대충돌설이라고 부르는데 대충돌설을 지지하는 사람들의 약점은 그 두 가지 힘의 정체를 전혀 파악하지 못한다는 것이었다. 다른 기원학자들은 그들을 비웃으며 말했다.

-자네들이 돌부리에 걸릴 때마다 그 충격으로 세상이 하나 더 만들어지겠군.

오카브가 이 사변적인 학문의 최신 동향을 추적하는 것에 깊은 의미가 있지는 않았다. 복잡한 책으로 머리를 혹사해 후회를 곱씹을 여유를 빼앗는 것으로 족했다.

그때 오카브는 막 카부스빌의 학살자라는 칭호를 얻은 다음이라 죄책감을 떨치기 위해서는 무엇이든 해야 하는 처지였다. 그러지 않으면 후진 세상에서 더 살고 싶지 않다는 생각이 자꾸 기어 나왔다. 그는 감정을 주변 사람들과 공유하고 싶지 않았고 대장장이 신을 섬기는 일곱 사제는 다들 개성이 달라도 눈치는 있는 편이라 어설픈 위로 대신 아무 일도 없었다는 듯이 굴었다.

에이어리의 스승이 평소 두뇌를 괴롭히기 위해 공부하는 기원학을 크게 쓸모가 있다고 여기지는 않았지만 다행히 작은 도움 정도는 얻을 수 있었다. 어쩌면 에이어리가 말하지 않는 것도 어린아이의 고집이 아니라 따로 원인이 있을지 모른다. 그걸 증명하기 위해 계절의 순환을 한 번 거치고도 시간이 조금 더 필요했고 그 과정은 기원학을 연구하는 것만큼이나 지루했다.

그러나 오카브는 마침내 알아냈고 어느 날 우연히 식탁 옆자리에 앉아 음식을 씹고 흡수하는 일에 집중하는 가르젠을 방해하는 데 성공했다.

–에이어리가 어째서 말을 하지 않는지 그 이유를 압니다.

가르젠의 왕성한 식욕은 순식간에 사그라들었다. 그는 커다란 손과 머리에 비해 작아 보이는 숟가락을 내려놓았다. 오카브가 보기에는 가르젠이 차를 마시거나 간식을 떠먹을 때 써야 적당한 크기였다.

–어째서 말씀하지 않으시고 제 숟가락만 보십니까?

–아, 기다리시는 줄 몰랐어요.

가르젠은 눈썹을 가운데로 모았다. 자기가 말을 꺼내 놓고 기다리는 줄 몰랐다니 오카브 스스로 생각해도 바보나 할 소리였다.

식탁 건너편에서 식사하던 사제장 테커도 손을 멈추고 오카브의 이야기에 집중할 준비가 되어 있었다. 테커는 에이어리가 성인이 되기 직전에 세상을 떠났다. 당시만 해도 20년은 거뜬히 더 살 것처럼 보였다. 오카브는 그가 대장장이 신의 곁에서 물건을 만들며 행복을 느끼고 있기를 바랐다.

잠깐, 그 시절에 테커는 아직 건강했는데 그의 죽음에 슬픔을 느끼다니 있을 수 없는 일이었다. 오카브는 그제야 세상이 조금 뿌연 것 같다고 느꼈다. 그는 과거를 회상하는 꿈을 꾸고 있었다. 알아차렸다고 딱히 깰 생각은 없었고 꿈의 내용은 실제 일어난 일 그대로 진행되었다.

– 에이어리는 자기의 발음이 우습게 들릴까 걱정합니다.

– 그게 무슨 말입니까? 그 아이의 발음은.

– 아주 멀쩡하지요. 그러니까 그 걱정은 터무니없어 보일 수 있지만 에이어리는 아직 어린아이입니다. 어른의 두려움과 어린이의 두려움은 논리가 달라요. 가르젠, 에이어리를 직접 데리고 오셨으니 한번 기억을 더듬어 보시죠.

– 어떤 기억 말입니까?

– 그때 에이어리를 종처럼 부리던 여관 주인이 스타인 사투리가 강하게 섞인 억양으로 말했습니까?

가르젠은 천장과 벽 사이에 그어진 금과 그 사이를 넘나드는 검고 통통한 거미를 보며 여관 주인의 비열한 얼굴과 그 입에서 나오던 말을 떠올렸다.

– 스타인 사람의 특이한 억양이 좀 섞여 있기는 했습니다.

– 거칠고 투박한 발음 말이죠?

가르젠은 끙 소리를 냈다.

– 제국 사람들은 그런 편견을 가지고 있지요.

–에이어리에게서 그런 말을 들었습니다. 힘겹게 끄집어냈지요. 그 여관 주인은 에이어리가 말할 때마다 재수 없는 말투라고 때렸답니다.

–저런.

멀리서 식사하던 사제들까지 다가와서 그렇게 한탄했다. 오카브는 그의 등 뒤에도 누가 와서 서 있는 인기척을 느꼈다. 트라이버 아니면 할스 같았는데 굳이 확인할 생각은 없었다. 얼마 전에 세상을 떠난 호문도 어느새 가까이 다가온 것을 보니 꿈인 것이 확실해졌다.

–왜냐하면 에이어리의 말투가 정확히 제국 표준 발음이니까요. 우리가 데리고 있는 아이, 새 대장장이 왕이 어쩌다가 스타인으로 흘러들어서 에퍼로 취급받았는지 모르겠지만 그 아이는 스타인 사람도 전쟁고아도 아닙니다. 그 아이의 부모 혹은 어린 시절 길러 준 사람은 제국 사람이에요.

사제들은 말이 없었다. 다들 그 의미를 생각하는 것 같았다.

–다들 제국 출신 대장장이 왕은 사고를 많이 친다는 말을 떠올리셨죠? 뭐, 저만 봐도 틀린 말은 아니니까요, 하하하.

–에이어리에게도 말씀하실 생각입니까?

–조금 더 큰 다음에요. 계절이 한 바퀴 돌았지만 그 아이는 아직 안정을 찾지 못했거든요. 혹시 자기 가족을 찾겠다고 울

기라도 하면 어떡합니까?

그러고 나서 에이어리에게는 끝내 아무 말도 하지 않았다. 자기가 제국에서 자라다가 어떤 사정으로 스타인에 버려졌다는 사실을 안다고 해서 무엇이 달라지겠는가?

–그러니까 우리의 에이어리는 스타인에서 발견되었으나 스타인 사람이 아니고 에퍼라고 불렸으나 에퍼도 아닙니다. 지금은 대장장이 왕이라고 불리지만 엄밀히 말하면 대장장이도 아니오, 왕이라고 볼 수도 없습니다. 심지어 에이어리도 그 아이가 왕이 되며 부여받은 이름이지 그 아이의 진짜 이름이 아닙니다.

오카브의 결론을 들은 호문이 긴 수염을 쓰다듬었다.

–말하자면 에이어리를 설명하는 모든 것은 그와 거리가 있다는 말이군. 그러나 그야말로 대장장이 왕의 조건으로는 잘 어울리지 않소?

–슬프게도 그렇습니다.

–왕의 앞날이 어둡지는 않을 것이오. 내가 심심해서 나무점을 쳐 보았는데.

호문이 점을 치는 것은 흔한 일이 아니었다. 호문의 점은 꽤 복잡한 과정을 거쳤는데 필요한 나무의 종류만 세 가지 이상이었다. 일단 심은 지 일 년이 지나지 않은 묘목과 수령이 백 년이 넘는 나무의 나이테가 필요했다. 그리고 정밀하게 깎아서 만든 한 뼘 크기의 흠 없는 나무 막대기도 몇 개 정도 있어야 했다.

그걸 가지고 점을 치는 복잡한 과정을 호문은 제자에게도 보여 주지 않았다. 그 재료를 알아낸 것만 해도 큰 수확이었다. 점의 부산물로 묘목의 가지는 꺾이고 막대기의 끝이 타서 까맣게 변하고 오랜 나무줄기가 갈라진 모양이 나이테를 침범하며 모양을 만들어 낸 것을 확인해도 다른 사제들은 무슨 일이 있었는지 짐작할 수 없었다.

-그래서 어땠습니까?

-적어도 왕이 신전 밖에서 객사할 가능성은 없는 것 같소. 그는 편안한 노년을 보내게 된다고 나오는 걸 보니.

호문은 제자 기를란에게도 나무점을 전수하지 않았다. 그건 사제로서 갖추어야 할 덕목이 아니라 자기도 우연한 기회에 배운 것이라고 했다. 이제 나무점은 한바탕 자고 깨면 사라지는 꿈처럼 다시 만날 수 없는 것이 되었다.

-그렇다면 저는 만족합니다.

오카브의 말에 모두 고개를 끄덕였다. 사제들도 각자 동의하며 떠드는데 갑자기 주위가 밝아져 눈이 부셨다. 새벽이 지나고 햇살이 대장장이 신의 신전을 다시 비추고 있었다. 오카브의 집은 언덕 아래에 있는 주제에 아침에 가장 먼저 낮 기운이 침투하는 절묘한 위치에 있었다.

하지만 분명히 창문을 가려 두었는데. 아마도 가리개가 떨어진 모양이다. 그렇게 생각하고 등을 돌리려는데 부드러우면서도 약간 차가운 감촉이 그의 이마를 타고 눈썹 가장자리를 지나 광대뼈에 닿았다.

–아, 어머니.

그 말은 오카브의 입에서 직접 나온 것이었다. 그러나 사실 오카브는 어머니에 관한 기억이 전혀 없었다. 대장장이 왕은 가족이 없는 아이에게만 허락되는 자리였다. 전에는 반드시 그런 것이 아니었지만 대장장이 왕들이 신의 권능을 잃은 저 암흑시대 이후로는 확고한 법칙이었다.

한순간의 착각이 아니었는지 다시 이마를 간질이는 감각이 돌아왔다. 오카브는 잠이 덜 깬 상황에서 그 포근함을 만끽하며 입술이 뭉개지도록 입을 좌우로 한껏 늘였다. 킥킥거리는 소리가 들리는 것 같았지만 그건 아마도 잠 요정의 짓궂은 장난이리라.

–이제는 어머니를 안 부르시나요?

이 목소리는 전에도 들은 적이 있었다. 물론 세월이 그 안에 여러 감정과 경험을 담아 조금 탁하게 만들었다지만 여전히 청아한 기운을 담고 있었다. 오카브는 그 목소리를 언제나 회상했고 그래서 자기의 마음속에서 흘러나와도 이상한 일은 아니었다. 그러나 귀의 감각 기관을 타고 들어오는 느낌이 마치 옆에서 속삭이는 것처럼 생생한 것은 어찌 된 일일까?

그 순간 오카브의 가슴이 격렬하게 울리기 시작했고 그는 놀라서 눈을 떴다. 처음에는 빛의 날카로운 모서리에 찔려 형체만 겨우 보였으나 점점 사람의 얼굴이 완성되어 갔다. 9년, 아니면 10년이었던가?

–당신은.

–네, 저예요.

–꿈만 같은 일이군요.

그 말에 더 이상 참지 못하고 젤레즈니 여왕, 아니, 지금은 그런 높은 자리에 앉은 사람이 아닌 데네브가 웃음을 터뜨렸다. 오카브는 두고두고 그때 한 말을 후회했다. 에이어리가 듣기라도 하면 평생 놀림감이 될 말이었다.

–지금 이 말은 비밀로 해 주십시오.

–어째서요?

–대장장이 왕이 말을 빚어내는 재주는 없으나 전직 대장장이 왕이었던 사람이 할 말로는 적절하지 않은 것 같습니다.

사실 오카브는 데네브를 만나는 꿈을 여러 번 꾸었다. 지난 세월이 그렇게 길었으니 당연한 일이었다. 그때마다 데네브는 다른 모습으로 나타났는데 평민일 적도 있었고 소녀일 때도 있었으며 때로는 하늘의 별 데네브와 합쳐져 상반신만 인간의 형체를 유지하고 있었고 어떤 때는 관 안에 누워서 젤레즈니 국민들의 눈물을 잠잠히 받아들였고 다른 때는 광채 안의 여신이기도 했으며 나무나 돌로 만든 조각상인 적도 있었다. 그러니까 지금 일어나는 일이 꿈일 수 있었으나 생각해 보면 데네브, 젤레즈니 여왕이 그의 집에 몰래 들어와 이마와 뺨을 쓰다듬어 준다는 것은 오카브의 무뚝뚝한 상상력을 넘는 수준이라 오히려 현실적이라고 생각할 수 있었다.

–무슨 생각을 그렇게 하시죠?

–믿을 수 없는 일이 일어났을 때 모두가 하는 생각, 현실과 꿈의 경계를 어디에서 구해야 하나 고민했습니다.

–꿈이 아니에요.

데네브가 단호하게 결정해 주었다. 그런 과단성 있는 모습은 한 나라의 왕인 그녀의 지위에 걸맞게 참으로 통치자다운 것으로 스스로도 다스릴 수 없는 성정이었다.

–그렇다면 꿈이 아니겠군요.

오카브의 말은 또 한 번 젤레즈니 여왕을 웃게 만들었는데 흐리멍텅한 말투가 멍청하기 짝이 없어서였다.

–좋은 소식이 있어요. 더 이상 제국의 수배자로 사실 필요가 없다는 거예요. 그리고 만나야 할 사람도 있고요. 저는 나가 있을게요.

오카브는 비로소 여왕의 얼굴 아래쪽의 복장을 눈여겨 확인할 수 있었다. 여행한다는 것을 웅변하는 듯 치렁치렁하게 늘어지는 옷 대신 거친 직물로 만든 것처럼 보이는 바지를 입은 데다가 종아리를 덮는 두툼한 장화를 신고 있었다. 그녀가 따로 말하지 않아도 서둘러 오카브의 집을 방문했음을 알 수 있었다.

오카브는 어떻게 자기 집을 찾고 몰래 들어왔는지 물으려다가 그만두었다. 오카브의 집에 따로 잠금쇠가 없는 것은 딱히 비밀이 아니었다. 그리고 가르젠과 탈와르와 오반도 같은 망할 사제들은 데네브의 장난을 부추기고 즐거워할 인간들이지 말릴 사람들이 아니었다.

오카브가 엉망인 머리카락과 복장을 최대한 정리하고 문을 다시 열었을 때 데네브의 옆에 선 익숙한 인물이 보였다. 칼디를 보자 비로소 현실이라는 실감이 났다. 안타깝게도 그는 누나에게 밀려 오카브의 꿈에 등장한 적이 없었던 것이다.

–정말 꿈이 아니군요.

그 말은 망할 사제들, 가르젠과 탈와르와 오반도와 한스와 트라이버와 호문과 테커의 귀에도 그대로 전해졌다. 에이어리가 평생 스승의 앞에서 꿈이 아니군요, 라는 말을 쓰게 되는 것은 그들 중 한 명의 고자질 덕분이었다. 오카브는 범인을 짐작했지만 끝내 명확하게 밝힐 수는 없었다.

대장장이 왕의 암흑시대는

21대부터 25대에 걸쳐 있었다.

21대의 후손이라는 이유로 왕이 된

22대부터 25대 대장장이 왕은

신으로부터 아무 능력도 받지 못한 허수아비들이었다.

훗날 에이어리는 그들의 이름조차 들을 수 없었다.

II

플리니와 마르쿠스의 군대가 스타인으로 질주하고 레푸스가 반역을 외친다

군대가 전진하는 것을 말판 놀이처럼 가볍게 생각하는 사람들이 있으나 실제로는 그보다 까다로운 일이다. 사람을 모아서 움직이는 것은 그중 비교적 쉬운 일이지만 사전에 준비해야 할 일이 많다. 그들의 명단을 작성하고 부대를 편성하고 기본적인 행군과 무기를 다루는 법을 훈련하는 것부터 시작해서 먹을 것과 갑옷과 무기를 비롯한 모든 물자를 준비하고 그것을 수송할 절차를 따로 갖춰야 한다.

그러니까 플리니 공국에 찾아간 마르쿠스가 플리니 대공과 의기투합해서 포위망을 뚫겠다고 결심해도 그것은 본래 눈이 녹는 봄에나 가능한 일이었다. 사람들의 평판처럼 플리니 대공이 혜안을 발휘해 미리 많은 것을 준비해 놓지 않았더라면 정말로 그럴 뻔했다.

대공은 딱히 사교적인 성격이 아니었으나 스타인 사람들 사이에서도 거칠다고 알려진 북쪽 산악 지대의 지도자들을 전부 초대해 만찬을 열었다. 거기서 플리니는 제국 사람의 스타인 사람에 대한 편견이 다시 스타인 사람의 북부 사람에 대한 편견으로 이어지는 악의 연쇄를 발견했다. 한때 두 가지 오해를 전부 받아들였던 플리니는 자기가 옹졸했음을 겸허하게 인정했다. 그가 보기에 북부 사람들은 스타인 왕실을 지탱한다고 떠들던 두 부류의 사람들, 피가두와 르네보다는 훨씬 믿음직스러웠다.

플리니는 애초에 다른 사람 앞에서 위압감을 불러일으킬 만한 외모가 아닌 데다가 편견에서 자유롭겠다는 생각에 지나치게 사로잡혀 있었으므로 초대받은 손님들이 그를 마음에 들어 했다. 어째서 진작 뾰족한 성에 사는 대공을 만날 생각을 하지 않았는지 모르겠다고 토로하는 사람도 있었다. 언제 누가 지었는지 알 수 없는 플리니 대공의 성은 그들에게 뾰족한 성으로 불렸다.

플리니는 자신의 정치 생활이 영원하지 않을 것을 예상하고 또 그러기를 바라는 사람으로서 그 정도 호의로 인간에게 결정적인 것을 받아 낼 수 없다는 것을 알았다. 그래서 그는 연회의 분위기가 무르익었을 무렵 놀라운 발표로 좌중의 마음을 흔들어 놓았다. 평소 마음속 깊이 생각해 보았던 것을 술기운에 멋대로 꺼내서 뿌려 버렸다.

-여러분은 스타인 왕가의 지배를 기분 좋게 받아들이지 못했습니다. 여러분의 잘못이 아닙니다. 저들은 여러분의 문화를 이해하지 못한 채 여러분을 야만인처럼 취급하고 고압적으로 대하면서 세금만 꼬박꼬박 바치라고 했으니까요. 그러니까 스타인이 다시 왕국이 되는 날이 온다면 여러분은 마땅히 독립해서 정당한 취급을 받아야 합니다.

그건 정말 누구도 예상할 수 없었던 말이라 떠들썩하던 실내의 분위기가 조용해졌고, 먼저 예상할 지혜가 없어서 술을 입에 가득 머금었던 사람들이 긴 침묵을 견디지 못해 꼴딱이며 목젖을 떠는 소리만 간간이 들렸다.

-그래야 여러분은 진정으로 스타인 사람을 용서하고 받아들일 수 있을 겁니다.

-그건 합의된 내용입니까? 오줌 왕자가 허락했습니까?

-아닙니다.

-그럼 그저 헛소리가 아니오? 학자라는 사람들은 역시 술이 약하구먼.

-저는 취하지 않았습니다. 우연히 이 땅의 지도자가 되어 몇 년을 보낸 뒤에 내린 결론입니다. 어차피 지금 스타인이라는 나라가 존재하지 않으니 여러분의 독립을 누가 방해하겠습니까? 여러분은 레푸스 대공에게 도움을 제공하는 대가로

독립을 확약받을 수 있습니다.

–그에게 무엇을 준다는 말이오?

–힘을 합쳐서 제국의 세력을 여기서 몰아낸다면 여러분의 독립을 아무도 반대할 수 없습니다. 대공은 흘린 피의 대가를 지불해야만 합니다.

–군대? 피? 그렇다면 전쟁?

북부 지도자들의 머리가 복잡하게 돌아가는 바람에 조금 전의 들뜬 분위기는 먼지처럼 가라앉았다. 몇몇이 소곤거리며 의견을 나누기도 했다. 플리니는 상대가 그를 제대로 꿰뚫어 본 것에 등이 서늘했다. 그는 사실 취했고 그래서 본래 의도했던 것보다 발언이 강하게 나왔다.

–대공의 말은 가벼운 실언이 아니겠지요?

다들 심각한 가운데 홀로 그에게 다가온 이가 있었다. 수무르라고 불렸는데 그 이름은 가장 큰 지도자에게 붙는 별명 같은 것이라 진짜 이름은 알 수 없었다.

–여러분을 힘들게 모셔 놓고 어떻게 실언하겠습니까?

–그렇다면 내친김에 여기서 피를 나누어 마시고 맹세하는 것이 어떻겠습니까?

수무르는 플리니가 당황한다면 그 진정성을 의심할 생각이었다. 플리니도 그것을 알았기에 일이 너무 빠르게 진행되는 것에서 느끼는 두려움을 억눌렀다. 다행히 아주 어렵지는 않았다. 술은 감정을 풀어 주는 것으로 알려져 있지만 때로는 생각과 감정을 가두는 간수 역할도 능숙하게 해냈다.

-그러지 못할 이유가 뭐가 있겠습니까?

플리니는 하인을 시켜 커다란 장식용 잔을 가져오게 했다. 실제로 술잔으로 쓰기에는 너무 큰 것이라 농담으로 거인이 살던 시절에 마시던 잔이라고 부르던 물건이었다. 거기에 독하고 맑은 술을 가득 붓고 각자 손가락을 베어 피를 떨구니 검붉게 물드는 모습이 괴물의 형상처럼 끔찍하게 보였다.

-나부터 마시겠소.

수무르가 큰 잔을 양손으로 들어 일부러 꿀꺽꿀꺽 소리를 내며 마셨다. 출렁이는 술, 아니면 피는 제어가 되지 않았고 수무르의 수염과 턱과 앞섶을 물들여 버렸다. 그는 잔을 살며시 내려놓고 껄껄 웃으며 가슴을 손바닥으로 닦아 냈다.

플리니는 자기가 반드시 두 번째로 잔을 받아들이는 사람이 되어야 한다는 것을 알고 잔을 들어 역시 꿀꺽꿀꺽 소리를 내며 마셨다. 그가 다소 거칠게 잔을 내려놓는 바람에 술이, 피가 사방으로 튀었다. 지도자들은 우렁차게 소리를 지르며 그를 환영했다. 플리니가 기억하는 것은 그 환호까지였다.

다음 날 아침 머리를 거미줄로 단단히 꿰매어 놓은 것 같은 고통을 느끼며 눈을 떴을 때는 이미 한낮이었다. 플리니에게는 아까부터 급한 보고를 기다리는 사람이 있었다. 어젯밤의 대단했던 연회를 모두 보고 들었기에 감히 대공을 깨울 생각을 하지 못하고 기다렸던 것이다.

—들어오게 하게.

플리니가 얼굴을 찡그리며 명령을 내렸다. 침상에서 보고받기는 처음이었다. 간혹 왕이나 귀족들이 그렇게 한다는 소리를 들었으나 그는 왕도 귀족도 권세 있는 사람도 아니었다. 스스로 그렇게 믿었다.

소식을 전하러 온 사람은 놀랍게도 베르크만이었다. 그의 지위를 생각해 볼 때 예사로운 이유로 직접 오지는 않았을 것이다. 그는 플리니와 슈타이어를 빼고는 플리니 공국의 누구에게도 고개를 숙이지 않는 사람이었다.

—베르크만.

베르크만은 얼굴의 흉터를 구기며 환하게 웃었다. 대공도 처음에는 그의 눈빛과 흉터가 섬찟했으나 지금에 와서는 충성스러움만 느낄 수 있었다. 오히려 그의 얼굴이 강아지처럼 귀엽게 보이기도 했다.

—아침부터, 아니, 아침이 아니군. 무슨 일인가?

—스타인에서 사람이 왔습니다. 그것도.

–포위망을 뚫고 말인가?

–그럴 리가 있겠습니까? 산을 통해서 왔습니다.

어쩌면 그것이 더 놀라운 소식이라 플리니의 정신이 번쩍 들었고, 아직 술에 전 뇌는 그런 짓을 허용하지 않겠다는 듯이 고통을 가했다.

–누가, 누가.

플리니가 말을 잇기 어려워하자 베르크만이 냉큼 대답했다.

–마르쿠스 님입니다.

–마르쿠스 님이 오셨다고?

플리니는 저녁이 되어서야 마르쿠스를 맞이했는데 마르쿠스가 오는 데 걸리는 시간도 있지만 스스로 회복하고 몸을 추스를 시간이 필요해서였다. 대공은 마르쿠스를 환영하고 연구 성과를 밝히고 자기의 실수를 인정하고 함께 전진할 것을 권유했다.

마르쿠스는 당연히 그의 뜻에 동의했고 플리니는 그 순간이 비밀을 털어놓을 거의 유일한 순간임을 알았다. 시간이 지나면 소문이 퍼지고 또 다른 오해를 낳을 수 있었다. 플리니 대공이 권력에 욕심을 품고 산지 사람들을 끌어들였다고 왜곡될 것이다. 그런 일이 생기기 전에 마르쿠스에게 진심을 전해야 했다.

마르쿠스는 스타인에서 침착함의 대명사 같은 사람이었으나 플리니 대공의 입에서 나오는 말에는 경악하지 않을 수 없었다. 플리니가 한 행동은 반역을 유도하는 것이나 다름이 없었다. 레푸스 대공이 그 이야기를 듣는다면 노발대발하면서 플리니가 한때 스승이었다는 사실도 잊고 욕을 퍼부을 것이다. 마르쿠스는 그 정도로 레푸스를 잘 알았다.

마르쿠스에게도 그것은 가슴에 찜찜함을 남기는 제안이었는데 그가 스타인 왕가에 충성을 다하는 신하의 마음가짐을 아직 버리지 못한 탓이었다. 어차피 통제가 안 되는 사람들이기는 했으나 그래도 그들에게 권력을 주고 독립시킨다는 것은 마음에 걸렸다. 그러나 플리니의 의견을 여기서 반대했을 때 이 학자 출신 대공이 어떻게 나올지 예상할 수 없었다. 그가 당장 독립해 버려도 레푸스는 이를 막을 힘이 없었다.

마르쿠스는 플리니 대공의 눈을 새삼 다시 보았다. 총명스럽게 빛나던 그 눈이 지금은 음모를 담고 있는 것처럼 탁하게 보였다. 눈을 깜박이고 다시 봐도 마찬가지였다.

-제 흉중에 있던 말이 너무 급하게 나왔습니다. 독한 술을 마신 탓이지요. 하지만 예전부터 생각했던 겁니다. 그런 약속 없이 저들을 어떻게 설득하고 같은 편으로 만들겠습니까?

플리니의 말이야 옳은 말이었다. 그러나 옳은 것이 항상 마음에 들지는 않는 것이 인간 사고의 문제점이었다.

–마음에 들지 않으십니까?

플리니가 괴물손 차를 마시며 은근하게 물었다. 이 차는 숙취에도 효과가 있었다. 플리니가 생각하기에는 만병통치약이라고 불러도 좋을 듯했다.

–어떻게 돌아가신 무스텔라 왕의 신하로서, 레푸스 왕자의 신하로서 그 말을 편히 받아들일 수 있겠습니까? 대공께서도 그들의 신하가 아니십니까?

둘은 따로 말하지 않아도 첫 만남, 플리니의 작은 집에 마르쿠스가 찾아갔던 그 밤을 떠올리고 있었다. 그날 두 사람은 앞으로도 교분을 나누게 될 것을 확신했다. 그 확신은 인간의 예상을 뛰어넘는 방향으로 갈래를 뻗었다.

–스타인에는 크게 쓸모도 없는 작은 땅조차 독립시키기를 싫어하신다면 제국이 우리를 독립국으로 놓아두기 싫어 삼키려는 것을 어떻게 나무랄 수 있겠습니까?

플리니의 말은 깊은 생각 끝에 나온 것이 아니었으나 마르쿠스의 마음 한구석 작은 주춧돌 하나를 빼기에 충분했다. 듣는 사람은 눈에 띄게 동요하며 그 말을 곱씹었다.

–그건, 그건 옳은 말씀입니다. 우리는 독립을 원하면서 아

무것도 희생하려고 하지 않는군요.

그 말로 마르쿠스의 마음에 담긴 앙금이 전부 가라앉은 것은 아니었으나 한 주가 지나고 슈타이어와 베르크만이 이끄는 플리니 대공의 군대와 북부 산지의 연합군이 남쪽으로 행진할 때 마르쿠스는 선두에 끼어 있었다. 그들은 말을 타는 대신 걷는 쪽을 택했는데 플리니 공국을 포함한 북쪽에서는 말이 희귀할 뿐더러 눈길을 헤치고 나아갈 만큼 강인하지도 않았다. 제국산 말에 비하면 체구가 작고 추위에도 약한 종이라 겨울에는 마구간 밖으로 끌어내는 법이 없었다.

플리니는 애초부터 봄이 오기 전에 움직일 생각이었다. 말을 타기 어려울 것을 예상하고 북부 산지 사람들이 신는 눈신발도 미리 만들어 두었다. 빠르게 움직일 수는 없었지만 미끄럽지 않아 다리의 피로를 줄일 수 있었다. 병사들의 발이 젖어 동상에 걸리는 것도 막아 주었다.

–모처럼 말을 타는 기술을 익혔는데 안타깝습니다.

플리니 대공도 마르쿠스도 병사들과 함께 걷기는 마찬가지였다. 수무르는 자기 병사들과 함께 뒤쪽에서 따라오고 있었는데 그들은 가끔 함성을 질러 사기를 드높였다. 마르쿠스는 목소리가 잦아들기를 기다린 다음 물었다.

–마차를 타고 다니셔도 충분할 텐데요?

-제가 다스리는 땅은 마차가 지나기 어려운 좁은 길이 많습니다. 그리고 전쟁에서 마차를 타고 뒤따른다면 꼴불견이지요.

마르쿠스는 며칠 전의 언짢음이 아직 남았지만 그래도 역시 플리니가 대단한 인물이라고 생각했다. 제국 대학의 교수이자 레푸스 왕국의 서기관이었던 사람이 정작 왕의 아들로 태어난 사람보다 정치적 감각이 뛰어날 줄 누가 예상할 수 있었을까.

그들의 진군은 기대했던 곳에서 첫 번째 장애물을 만났는데 그다음에 일어난 일은 누구도 염두에 두지 못한 것이었다. 폴로 공국과 오레스테스 공국과 르네 공국의 연합군이 그들을 보자마자 막으려고 하기는커녕 슬금슬금 물러나 버렸다.

-혹시 저러다가 우리가 진군하면 뒤따라서 꼬리를 잡으려고 하는 게 아닙니까? 앞뒤로 적을 만나면 우리는 곤란한 처지에 빠지게 됩니다. 눈밭에서 걷는 우리에게는 기동력이라고 부를 만한 것이 없습니다.

슈타이어의 말을 듣고 플리니 대공은 정찰을 보냈다. 돌아온 사람의 대답에 따르면 그들이 우회하려는 것처럼 보이지는 않는다고 했다. 그렇다고 겁을 먹은 것도 아닌 것이 후퇴는 질서 정연하다는 보고가 이어졌다.

-그렇다면 우리도 전진을 미룰 수가 없군.

나흘을 걸어도 봄에 이틀을 걷는 것만 못한 속도였다. 그래도 그들은 꾸준히 전진했고 적군은 사소한 전투도 피하며 계속 후퇴했다. 어느 날 저녁 모닥불에 얼굴이 벌게진 수무르가 호기롭게 주장했다.

-저들도 당장 상대가 안 된다는 것을 알고 군대를 모으려고 하는 게 아니겠습니까? 후퇴할 대로 후퇴했다가 큰 병력을 모아서 단번에 승부를 가리려고 하겠지요. 그 전에 추적해서 결딴을 내 버리면 좋으련만.

플리니 대공과 마르쿠스의 짐작도 그와 다르지 않았다.

그러나 다음 날 정오가 되기 전에 폴로 공국의 아크마트 대공이 보낸 편지를 가지고 온 자가 있었다. 편지는 공식 제국 문서가 아니었기에 글을 읽을 줄 안다면 누구나 해석할 수 있었다. 설령 공식 제국 문서였다고 해도 플리니 대공은 한때 서기관으로 일하며 제국 문서를 해독하는 일을 담당했었다.

이 편지의 전달에 에이어리가 공헌한 부분이 있었다. 아루에 고개에 눈이 쌓이고 또 쌓여 단단하게 얼면 옛 스타인 왕국 서쪽과 폴로 공국은 분리되는 것이나 마찬가지였다. 그러나 에이어리와 아리셀리스가 초인적인 힘으로 눈을 뚫고 길을 낸 덕분에, 이후로 눈을 몰고 다니는 바람이 제국 쪽으로 이동

한 덕분에, 이번 겨울에는 기적적으로 작은 통로가 만들어졌다. 그렇지 않았더라면 플리니와 마르쿠스가 예상했던 일대 격전이 벌어지고 양측은 병력의 태반을 잃었을 것이다.

플리니와 마르쿠스와 수무르와 다른 마을 지도자들과 슈타이어와 베르크만은 돌려 가며 편지를 읽었다. 내용은 어려울 것이 없었다. 이제 전쟁은 필요하지 않았다. 제국은 옛 스타인 왕국 간섭 정책에 대대적인 수정을 취할 준비가 되어 있었다.

－레푸스 대공께서도 이 편지를 받았을지 모르겠군요.

마르쿠스도 플리니의 의문에 대답해 줄 수 없었다.

－만약 받았다면 오줌 왕자가 이걸 받아들였겠소?

수무르가 그렇게 물었다가 오줌 왕자라는 말에 얼굴을 찌푸린 사람들을 보고 멋쩍게 입을 다물었다.

－그 말은 이제 안 쓰겠소.

아크마트 대공은 오레스테스 공국과 르네 공국에도 명령을 내려 그들의 진군을 막지 말라고 일러두었다고 덧붙였다. 자세한 사항은 옛 스타인 왕국의 정신적 구심점인 레푸스와 함께 상의하고 통보하라는 불필요한 설명도 있었다. 기껏 군대를 준비했건만 시작하기도 전에 휴전 혹은 종전이었다.

플리니 대공이 이끄는 군대, 누구라도 그렇게 부를 군대가 마침내 스타인 공국으로 진입했다. 사람들은 마치 해방군을 맞이한 것처럼 구경 나와 만세를 불렀다. 플리니는 사람들의 환호가 그리 반갑지 않았으나 병사들의 사기는 그 덕분에 상승했다. 특히 스타인 사람들에게 차별받던 북부 산지 출신 사람들의 감회는 남달랐다.

마르쿠스는 레푸스의 성 입구를 지키는 낯선 무리를 보았다. 병사라기보다 부랑자들의 무리 같았는데 자기들은 피에스를 따른다고 설명했다. 그들은 상대하는 사람이 마르쿠스라는 것을 알고 조금 당황하기는 했으나 순순히 길을 비켜 주지는 않았다.

–내 눈앞에 다시 너희가 보이면 죽이겠다.

마르쿠스의 단순한 말에는 과장하는 기운이 없었고 그들은 마르쿠스 뒤의 군대를 상대할 수 없었다. 마르쿠스는 잠시 기다려 줄 것을 청하고 나아가 피에스의 부하들을 닥치는 대로 두들겨 패며 내쫓았다. 그 혼자서도 충분했기에 따라오려는 자들을 손짓으로 물리쳐 두었다.

소동을 끝내고 레푸스를 만났는데 그의 볼에 보조개처럼 파인 작은 주름이 파르르 떨렸다. 분노와 두려움이 뒤섞인 흔적이었다. 마르쿠스는 레푸스에게 고개를 숙였다.

–무사히 돌아와서 다행이야, 마르쿠스.

–좋은 소식을 가지고 왔습니다. 그런데 어째서 왕의 곁에

있지 말아야 할 무리가 있습니까?

마르쿠스는 일부러 대공 대신 왕이라는 말을 사용했다.

–그들은 내가 아끼는 사람들이야. 나라에 대한 충성심으로 넘치는 사람들이지.

–저들이 누구인지 모르지 않습니다. 피에스라는 이름도 처음 듣는 것이 아닙니다. 어째서 저런 자들을 곁에 두셨습니까?

–저들을 마음대로 내쫓는 것은 반역이야, 마르쿠스.

이제 두려움보다는 분노가 주도권을 잡은 듯했다. 그러나 레푸스는 화를 폭발시키기를 주저했는데 마르쿠스를 잃는다는 것이 어떤 의미인지를 모를 만큼 어리석지는 않아서였다.

–그건 반역이라고.

그 순간 마르쿠스는 플리니에 대한 언짢음을 모두 버렸다. 그러나 레푸스에 대한 충성심은 겉으로 드러나지 않는 마음의 격정 속에 깎일지언정 그 자리에 그대로 있었다.

무대 위에서 남자가 여자에게 말한다.

- 그자는 거칠기로는 북부 사람의 다듬지 않은 털과 같고,

코와 턱에 음식을 묻혀 가며 먹는 것이나

술이 한 잔 들어가면 목소리가 커지는 것이

꼭 교육받지 못한 돼지와 같지.

- 오, 그런 말씀 마세요. 그는 당신의 후원자예요.

- 그러나 그의 몸에 흐르는 피가 불결하다는 것은

딱히 부정할 수 없어. 그 어머니가 누구인지

확실하지 않은 천한 북부의 자식이야.

냄새가 나서 도저히 같은 방에 머물 수 없어.

- 그분에게도 좋은 점이 있을 거예요. 잘 찾아보면요.

- 그 전에 그자에게 스타인의 검이 얼마나 날카롭고

스타인의 흙이 돼지의 피를 얼마나 잘 흡수하는지

알려 주어야겠군. 이건 귀족의 의무라고 할 수 있지.

여자가 남자의 팔을 잡지만 남자가 거칠게 뿌리친다.

남자는 잠시 망설이다가 방을 가로질러 나간다.

여자가 바닥에 주저앉아 흐느끼며 막이 내린다.

III

데스커드가 위험한 상황에서 실없는 농담을 내뱉어 투란의 꾸지람을 듣는다

에이어리는 아리셀리스와 함께 저 유명한 아루에 골짜기를 돌파하고 마침내 아크마트를 만나 그의 능숙한 언변에 속아 자유 동맹을 방문하기로 결심한 후 데스커드가 자신을 따라 폴로 공국으로 오기를 기다렸다. 그 일주일 동안 데스커드는 투란과 함께 거리를 의미 없이 방황하고 있었다. 둘에게 주어진 임무는 다사를 찾아내는 것이었는데 지금까지 발견한 사실로 미루어 보건대 그의 하나밖에 남지 않은 핏줄인 누나가 그를 배신자라고 생각해서 끌고 간 것 같았다.

데스커드는 에이어리와 함께 다니면서 자신을 나름대로 수완가라고 생각했던 과거를 반성했다. 사실 그건 모두 대장장이 왕의 공이었다. 대장장이 왕은 만물을 자유롭게 다룰 수 있는 것도 모자라 어떤 일이든 대충 적당히 잘 처리해 버리는 재주가 있었다. 그가 사라지자 데스커드는 자기가 그저 싸움에만 능숙한 얼간이가 아닐까 진지하게 고민하기 시작했다.

그러다가 가끔 그의 눈길은 투란의 얼굴로 옮겨 갔는데 가을 햇볕에 보기 좋게 탄 건강한 피부는 볼 때마다 이유 없이 마음을 설레게 했다. 데스커드는 그 감정의 정체에 대해서 오랜 기간 고민했다. 한번은 대장장이 신의 일곱 사제 중에서 가장 입이 무거운 사람에게 이렇게 물은 일도 있었다.

–트라이버 님, 혹시 말이죠. 투란이 사제가 되면 결혼을 할 수 없나요?

그때는 기를란과 투란 중 누가 호문의 뒤를 이을 것인가가 모두의 관심사였던 시절이었다. 둘의 대결이 며칠 후에 벌어지기로 되어 있었다. 묵묵히 나무를 다듬던 트라이버가 고개를 들어 데스커드를 보았을 때 그의 얼굴에 동요가 스친 것 같기도 했다. 그러나 언제나 그렇듯이 보는 사람의 착각일 수도 있었다.

–결혼?

–대장장이 신의 사제들은 결혼할 수 없잖아요.

–그렇지 않아.

–아니라고요?

–우리 중에는 결혼한 사람도 있어. 결혼하지 않은 사람이 더 많지만.

–누가, 누가 결혼했어요?

－사제장은 부인이 있어. 같이 살지는 않지만 가끔 만나러 가. 가르젠도 한때는 부인이 있었지만 크게 싸우고 이혼했어. 그리고 또.

데스커드는 조급한 마음에 트라이버가 기억을 정리할 틈을 주지 않았다.

－결혼해도 된다고요? 결혼한 사람도 있다고요? 탈와르 님이 부인이 있다고요?

－그 사람은 자식도 있어. 어째서 우리가 결혼하지 못한다고 생각했지?

－그거야.

데스커드는 대답할 말을 찾지 못했다. 누구도 가족 이야기를 하지 않았으니 짐작도 할 수 없었다. 그러나 생각해 보면 금지되었다는 말을 따로 들은 일은 없었다.

－그럼 대장장이 왕도 결혼할 수 있나요?

－원한다면. 백 년쯤 전에 있었던 일에 대해서 듣지 못했니? 암흑시대.

－자기 후손에게 대대로 대장장이 왕의 자리를 물려주려고 했다가 힘이 끊겼다는 이야기요?

－그래.

－그렇군요.

트라이버는 안심하는 기색의 데스커드를 물끄러미 바라보다가 다정한 말을 떠올렸다.

–걱정하지 마.

–뭐, 뭘요?

–네가 나중에 우리 중 한 명의 자리를 이어받게 되어도 결혼하고 자식을 낳고 살 수 있을 거야. 우리의 신은 그런 종류의 헌신을 바라지 않으시는 것 같아.

트라이버는 데스커드의 질문이 투란에 관한 것이 아니라고 생각한 모양이었다. 어쩌면 그렇게 모른 척 넘어가 준 것일 수도 있었다. 데스커드는 물론이고 사람을 잘 아는 가르젠이나 탈와르라도 트라이버의 표정은 읽기 어려웠다.

나중에 기를란이 대결에서 승리하면서 데스커드는 질문하지 않아도 될 것을 질문했다고 후회했었다. 그러나 트라이버의 과묵함이라면 그 비밀이 밖으로 새어 나가는 일은 없을 것이다.

데스커드의 상념이 이어지는 동안 투란은 데스커드를 식당으로 끌고 들어와서 앉혔다. 데스커드는 많은 재주를 갖췄지만 길을 찾는 능력은 좀 부족했다. 에이어리를 모시고 다니면서 숱하게 길을 잃었던 것도 사실은 그 때문이었다. 물론 에이어리도 그 일에는 책임이 있었다.

–살아 있기는 한 걸까?

–트라이버 님이?

안이 훈훈해서 털옷을 입고 있으면 땀이 솟았다. 투란이 외투를 벗으면서 보기 좋게 탄 건강한 팔뚝이 드러났는데 데스커드의 머리가 트라이버와 투란의 매끄러운 피부로 가득 차는 바람에 다른 것은 비집고 들어올 틈이 없었다.

–트라이버 님이 왜 죽어?

–아니야, 딴생각하느라. 그런데 누가 살아 있을지 모른다는 거야?

–당연히 다사지. 우리는 다사를 찾으려고 남은 거잖아?

–아, 그렇지.

–데스커드, 다사 걱정은 안 하는 거야?

사실대로 말하자면 데스커드는 다사와 애초에 친한 사이가 아니었고 그를 좋게 보지 않았다. 범죄자 가족의 일부라서 그런 것은 아니었다. 데스커드의 부모님은 아들을 탈와르에게 판 사람이었으니 그 앞에서 가족을 자랑할 처지가 아니었다.

데스커드가 다사를 탐탁하지 않게 여기는 원인은 그가 한때 오카브를 팔아넘기려고 시도한 것에 있었다. 더 정확히 말하면 에이어리가 다사를 대하는 태도가 냉정했는데 데스커드가 그에게서 영향을 받지 않았다고 보기는 어려웠다. 다사는 같은 이유로 신전 마을에서도 따돌림을 당했던 모양이고, 그래서 오카브가 그를 배려해 스타인으로 보내 주었다.

–만약 다사가 죽었다면.

데스커드는 투란에게 너무 차가운 사람으로 보이고 싶지 않아서 말을 가다듬느라 잠시 뜸을 들였다.

–그건 까마귀가 돌을 삼킨 것과 같은 거야.

–그게 무슨 말이야?

–자기 목구멍을 스스로 틀어막았다는 말이지.

–그럼 다사가 죽어 마땅하다는 거야?

–그런 뜻은 아니야. 절대로 아니지만. 그래도 그렇게 된 원인을 스스로 제공했다는 말이지.

–다사는 자기가 원해서 그런 일을 한 게 아니야. 협박당해서 어쩔 수 없이.

–처음부터 오카브 님과 다른 사람들에게 말했으면 해결되었을 거야.

–그렇게 모든 일이 쉽게 풀리는 게 아니야. 대장장이 왕처럼 손만 휘두르면 모든 걸 해결할 수 있는 게 아니라고. 다사도 겁먹어서 올바른 판단을 내릴 수 없었을 거야.

투란이 약간 화가 난 것 같아서 데스커드는 안절부절못했다. 에이어리 생각도 났다. 그를 따라가야 하는데 다사를 찾기 전에는 갈 수 없었다. 에이어리를 떠올리니 다시 스스로의 무능함이 느껴지고 얼굴이 붉게 달아올랐다.

–방법이 없는 건 아니야.

–응?

데스커드는 몸에서 끓어오르는 기운을 참지 못해 식탁을 가볍게 내리쳤다.

–에이어리 님이 말씀하신 적이 있어. 스타인은 외부인을 자연스럽게 받아들이지 않는다고. 지금도 이 안의 사람들이 우리를 흘긋거리고 있잖아?

투란이 좌우를 돌아보고 나서 고개를 끄덕였다.

–정말 그러네.

–다사와 다사의 누나도 눈에 띄지 않을 수 없어. 분명 누군가는 둘을, 아니면 적어도 하나를 보았을 거야. 그렇지만 우리에게 닿지 않는 거지.

투란이 데스커드를 다시 보았다는 듯이 얼굴을 앞으로 내밀었다. 데스커드는 그녀를 보면 집중이 되지 않아서 일부러 고개를 돌렸다.

–그런 정보가 통하는 세계는 지하에 있어.

–땅속? 아, 뭘 말하는지 알겠어.

–그래. 그런 사람들은 어느 나라에나 있지.

–가르젠 님이 턱뼈를 부수었다는 그런 종류의 사람들, 그 무리에게 돈을 주겠다고 하면 금방 카니악 떼처럼 달려들어 정보를 팔 거야.

–그럼 왜 진작 안 했어?

–그자들과 엮이면 위험하단 말이야. 나 혼자라면 진작 했겠지만.

말이 끝나기도 전에 투란이 벌떡 일어나서 데스커드 쪽으로 다가왔다. 데스커드는 한 대 맞을 각오를 했다.

–봐, 내 팔뚝이 네 팔뚝보다 굵어. 날 걱정할 시간이 있으면 얼른 다사를 찾아야지.

데스커드가 보아도 탄력 있고 매력적인 투란의 팔이 자기 팔보다 더 굵은 것 같았다.

–하긴, 돈만 주면 무엇이든 하는 사람은 어느 시대, 어느 나라에나 있다고 했어. 나는 시골 마을 출신이라 직접 본 적은 없지만.

–대장장이 왕께서 주신 돈은 넉넉하니까 이걸 풀면 분명 단서를 얻을 거야.

식당에서 해결책을 찾은 데스커드와 투란은 며칠 사이로 스타인 공국의 유명한 깡패 두목을 둘이나 만났다. 둘은 각자의 구역을 지키며 싸움을 자제하고 있었는데 한쪽이 크게 우월하지 않은 탓이었다. 그들 중 한쪽을 돈으로 쉽게 매수할 수 있었다.

그가 다스리는 구역의 모든 상인과 거지와 에퍼와 깡패들이 눈과 귀가 되어 주겠다고 했다. 이 무렵 스타인에서 에퍼라는 말의 의미는 약간 변해 있었다. 이제는 전쟁고아가 아니라 모든 고아를 에퍼라고 불렀다.

다른 한쪽은 데스커드가 대장장이 왕의 경호원이라는 사실을 이미 알고 있었다. 전에 데스커드가 두들겨 팬 자들이 그의 부하들이었다. 그래서 일이 좀 까다로워졌는데 자기 부하 중 가장 센 사람과 붙어서 이겨야만 도움을 줄 수 있다고 했다. 두목이 닭싸움에 질린 탓에 나온 제안이었다.

데스커드가 싸워야 할 상대는 키가 큰 데스커드보다 머리 하나가 더 크고 어깨는 네 배쯤 더 벌어진 인간이었다. 사람과 괴물의 피를 섞어 놓으면 만들어질 듯싶은 모습이었다.

그는 일부러 잔인하게 웃으며 데스커드에게 겁을 주려고 했다. 안타깝게도 데스커드에게는 전혀 통하지 않는 수법이었다. 그의 훈련을 도왔던 가르젠은 그보다 몸집이 더 크고 팔뚝도 더 굵었다. 탈와르가 휘두르는 날카로운 무기들보다 그의 주먹이 위험해 보이지도 않았다.

– 데스커드, 괜찮아?

-뭐가?

-저 사람은 도무지 사람처럼 안 보여. 싸우면 너도 크게 다칠 거야.

데스커드는 투란의 걱정에 조금 감동했다. 그가 지면 깡패들에 둘러싸인 투란도 위험에 처하게 될지 모르는데 그 상황에서 데스커드의 몸이 다치는 것을 생각하고 있었다.

-걱정하지 마. 넌 내가 대장장이 왕의 경호원이라는 말을 잘못 이해하고 있어.

-알아, 네가 강하다는 거. 저번에 깡패들도 두들겨 패서 쌓아 놓았잖아.

-그게 오해야.

주위를 둘러싼 사람들이 어서 싸움을 시작하라고 사방에서 소리를 질렀지만 데스커드는 아랑곳하지 않았다.

-가르젠 스승님과 탈와르 스승님은 내가 대장장이 왕을 지켜야 한다고 하셨어. 그건 깡패나 강도 같은 것들로부터 에이어리 님을 보호하는 하찮은 일을 말하는 게 아니야. 대장장이 왕은 사람 몇몇과 싸우는 것으로 끝나지 않아. 때로는 나라를 상대로 싸움을 벌이지.

그 말이 주는 거대한 암시에 투란은 어안이 벙벙해져 아무 말도 할 수 없었다.

–오카브 님은 혼자서 제국 군대를 상대하셨어. 그런 일이 다시 일어나지 않게 하려고, 대장장이 왕이 학살자라는 말을 듣지 않게 하려고 두 분이 나를 훈련한 거야. 필요하면 군대에 포위된 대장장이 왕을 혼자 힘으로 구할 수 있는 사람이 되라고 말이야. 카니세리움보다도 약한 건 두렵지 않아.

투란은 처음으로 데스커드를 위대한 사람으로 보았다. 그러나 자기보다 가녀린 그의 팔로 저 거인을 이길 수 있을지 여전히 확신이 서지 않았다.

–어이, 거기, 카니세리움이 어쨌다고? 카니세리움처럼 네 살을 잘근잘근 씹어 주마.

–그럴 리는 없어. 가르젠보다 느린 너는 날 건드리기도 어려울 테니까.

데스커드의 고함은 거인의 몸집 앞에서 미약하게 들렸다. 대신 구경꾼들이 작은 자의 도발에 신이 나서 휘파람을 불고 손뼉을 치고 발을 굴렀다. 당연한 말이지만 무시당한 거인은 화를 냈다.

–가르젠이 뭔데? 아무튼 당장 널 죽여 주마.

데스커드는 대답하지 않고 거인에게 다가갔다. 투란은 두 손을 꽉 잡고 몸을 떨었다. 자기가 믿으려는 사람의 뒷모습은 그림자에 덮여 검게 보였다.

–어째서 데스커드가 왕의 경호원인 거죠? 너무 연약하잖아요. 힘은 보기보다 약간 센 것 같지만 그 정도로는.

처음 에이어리와 동행하던 때, 데스커드가 심부름을 간 사이 그렇게 물은 적이 있었다. 에이어리는 놀란 눈을 하더니 이어서 껄껄 웃으며 대답했었다. 그때는 에이어리가 투란에게 존댓말을 쓰던 시절이었다.

–데스커드가 연약하다고요? 데스커드는 사람이 아니라 괴물이에요. 분명 카니세리움하고도 맨손으로 싸울 수 있을 거예요. 탈와르는 좀 이상한 방향이지만 분명 재능을 봤던 거죠.

그때 투란은 자기가 시골 사람이라 에이어리가 놀리고 있다고 생각해서 발끈했었다. 하지만 다시 생각해 보니 그때 에이어리의 얼굴은 진지하기만 했었다.

데스커드가 자기의 주먹이 닿는 거리까지 경계 없이 다가오자 거인은 곧바로 승리를 확신하며 주먹을 날렸다. 거대한 주먹은 바닥에 닿을 것처럼 앞으로 계속 나아갔다. 그대로라면 앞에 있는 나무 막대기 같은 사람은 절반으로 쪼개지게 되어 있었다.

그다음 일어난 일은 움직이는 물체를 보는 능력이 웬만큼 뛰어나지 않고서는 파악하기 어려웠다. 데스커드가 재빨리 움직인 것은 확실했다. 그리고 거인이 코를 움켜쥐었다.

투란은 방금 일어난 일을 믿을 수 없어 천천히 되짚어 보았다. 주먹이 가까워지자 데스커드가 몸을 날려 상대의 팔에 올라탔다. 그런 다음 곧바로 반동으로 몸을 날려 무릎으로 커다랗고 납작한 코를 찍었다. 공중에서 한 바퀴인지 두 바퀴인지 세 바퀴인지 빙글빙글 돌더니 다시 땅에 안전하게 착지했다.

– 뭐야?

몇 명은 입으로, 나머지는 마음속으로 모두 같은 말을 내뱉었다. 투란은 입으로 소리를 낸 쪽이었다. 데스커드가 경호원이라는 것은 알았다. 그래서 싸움에 능숙한 모습을 보였을 때도 지금처럼 놀라지는 않았다.

– 데스커드는 사람이 아니라 괴물이야. 분명 카니세리움하고도 싸울 수 있을 거라고.

그 말이 무슨 뜻인지 이제 좀 이해할 수 있었다. 데스커드의 옆모습이 얼핏 보였는데 그는 입을 좌우로 크게 벌리고 이를 맞문 채 웃고 있었다. 마치 개구쟁이가 마음껏 뛰어놀아도 좋다고 허락을 받았을 때 지을 법한 표정이었다.

– 잠깐. 그만하면 실력은 충분히 봤어. 내 부하가 그쪽을 더 상대하다가는 분명히 죽겠군.

냉정한 판단이었다. 데스커드는 아쉬워했고 투란은 남몰래 안도했다. 아무리 데스커드가 강하다고 해도 그가 싸우는 모습을 보는 것은 기쁘지 않았다.

그러나 투란은 며칠 후에 다시 데스커드가 싸우는 것을 보게 되었다. 이번에는 다사를 놓고 벌이는 싸움이었다. 겨우 두 사람만 들어갈 수 있는 작은 방 안쪽 침대 다리에 노예처럼 다사의 한쪽 발목이 묶여 있었다. 그의 얼굴에는 맞은 자국이 보였다.

– 대장장이 왕이 보내셔서 왔다. 그쪽에 있는 인간은 대장장이 왕의 보호 아래 놓여 있다. 아무리 동생이라도 함부로 데려갈 수 없어.

다사의 누나는 데스커드가 문을 가로막고 서자 도망칠 곳이 없음을 알았다. 작게 난 창문으로 빠져나가는 것은 곡예사 아니면 고양이나 부릴 재주였다. 그녀는 매일 날카롭게 갈아 둔 것 같은 시퍼런 칼을 꺼냈는데 길이는 손가락 끝에서 팔꿈치에 닿을 정도였다.

– 데스커드.

– 난 무기가 없는데. 투란, 만약에 내가 저 칼에 찔려 죽는다면 평생 결혼하지 말고 날 기억해 줘.

– 뭐라고?

데스커드는 농담 속에 실수로 자신의 본심을 담았다는 것을 알고 얼굴이 하얗게 질렸다. 조금 전에 본 칼에 베이는 것보다 이 작은 싸움이 끝나고 투란에게 변명할 일이 더 걱정되었다. 농담하는 사람은 항상 깊게 파인 구덩이 앞에서 멈추는 아슬아슬한 장난을 즐기는 법인데 그러다 보면 반드시 중심을 잃고 아래로 추락하는 순간이 오게 되어 있었다.

–멍청아, 이 멍청아. 제발 좀 진지하게 싸워. 대장장이 왕처럼 이상한 농담은 하지 말란 말이야. 네가 이기건 지건 나는 다시 신전으로 돌아갈 거야.

투란이 등 뒤에서 화내는 소리에 데스커드의 정신이 아득해진 것을 다사의 누나도 확인했다. 그 기회를 놓치지 않고 쭉 뻗은 손에서 나온 칼날이 마치 빛처럼 데스커드의 가슴으로 빨려들었다. 설핏 붉은 기운이 스치는 듯했다. 데스커드는 고통이 머리까지 닿는 순간 대장장이 왕을 다시 만나지 못하게 되는 짧은 악몽을 꾸었다.

무스텔라의 힘이 남아 있던 시절

스타인 수도와 그 주변 지역의 치안은

제국 수도에 필적할 정도였다.

그러나 제국의 간섭 이후 나라의 공권력이 사라지자

스타인 사람들은 자경단 몇 개를 중심으로 뭉쳤다.

갈색마을의 모제스가 만든 세력도 그중 하나였다.

그들의 성격이 변질되어

선량한 사람들에게 또 하나의 위협이 되기까지는

그리 긴 시간이 필요하지 않았다.

IV

카르멘이 도약해 검은 하늘을 부수고 암흑에 몸을 내던진다

루비 가문의 수장이 바닥에 누운 것은 조금이라도 체력을 아끼려는 심산에서 나온 행동이었다. 가짜 세계 안에서는 배를 채워 원기를 회복할 수 있는 음식이 없었다. 뚫고 나갈 방법을 생각할 때까지는 체력을 보존해 두어야 했다.

그녀는 갈라진 하늘, 그래서 더 광대하고 무섭게 보이는 하늘이 이제 검게 물들어 가는 것을 확인했다. 그렇다고 밤이 왔다는 뜻은 아니었다. 이곳의 시간은 바깥과 다르게 흘렀다.

마법사들에게, 마법사들이 아닌 사람들에게 비슷한 옛날이야기가 전해졌다. 어떤 사람이 낯선 세계에 들어가서 짧은 시간을 보내고 돌아오니 어느새 시간은 백 년이 넘게 흘러 그가 알던 모든 사람이 죽었다고 했다. 혹은 자기의 증손자를 만나는 이야기도 있었다.

이야기는 가장 거짓되어 보이는 방식으로 진실을 말한다. 카르멘은 어린 시절 이불을 덮고 듣던 이야기를 실제로 경험하게 될 줄 몰랐다. 이 정교하고 복잡하고 흉악한 마법은 자칫 시전자를 위험하게 만들 수 있을 정도로 거창해서 아무나 시도할 수도 없고 시도해서 얻는 이득도 없었다.

이번에 가짜 세계가 한 일은 카르멘을 가두는 것이었다. 물론 그녀를 가둔 사람이 누군지는 알고 있었다. 다이아몬드 가문의 수장, 한때 루비였던 사람, 다이아몬드 카분이 벌인 일이었다. 그것만은 분명했다.

카분이 이렇게 대단한 마법사였구나. 하기는 카르멘의 재능을 알아본 루비 가문 사람들이 그녀에게 했던 말이 있었다.

–카분 이후로 이런 재능은 처음 보는구나.

너무 어린 시절이라 카분이 누구인지 당시에는 알지 못했다. 그녀는 루비를 버리고 다이아몬드와 결혼했다. 어른들은 가급적 배신이나 다름없는 일을 한 사람을 언급하지 않으려고 했었다. 이제 그녀도 어른이 되어 시간이 남아 헛되이 과거 일을 되짚어 보니 비로소 알 수 있었다.

–나를 가두어서 얻는 이득이 뭐지?

홀로 남은 세상에서 홀로 목소리를 내는 것은 공허하고 두려운 일이라 눈물이 한 줄기 흘러나왔다. 그녀의 마음이 동요하는 것이 아니라 몸이 자연스럽게 보이는 반응이었다.

서두를 필요는 없었다. 급격히 움직이는 것은 체력을 소모

했다. 어차피 옛날이야기에 나오는 것처럼 안팎의 시간을 급격히 다르게 흐르게 할 힘까지는 카분에게 없었다. 그건 라토와 아리셀리스 형제 같은 사람들이 전력을 다해야 가능한 수준이었다.

카르멘은 눈을 감고 생각에 집중했다. 어쩌면 지금까지 배운 것 중에 탈출할 방법이 있을 수도 있다. 고등한 마법사가 되는 것은 더 복잡한 이론을 배워서 되는 것이 아니었다. 기본적인 원리를 가장 깊게 체득한 사람이 힘의 본질을 끌어낼 수 있었다.

갑자기 섬뜩한 느낌이 들어서 눈을 뜨자 하늘 조각 하나가, 그것도 마침 그녀 바로 위의 조각이 땅으로 떨어지는 것이 보였다. 무시무시한 속도 때문에 눈을 한 번 깜박일 때마다 크기가 몇 배로 커지는 느낌이었다. 카르멘은 재빨리 옆으로 몸을 굴렸다.

요란한 소리를 내며 조각이 땅에 박히고 주위가 진동했다. 흩날리는 먼지는 없었다. 먼지까지 구현하기에는 카분의 힘이 달린 모양이었다.

카르멘은 한숨을 크게 내쉬고 날카로운 조각을 가볍게 쓰다듬은 다음 하늘을 쳐다보았다. 뻥 뚫린 구멍 하나가 보였다.

그 안은 또 다른 암흑이라 그곳으로 나간다고 해도 그녀가 사는 세상이 나올지 확실하지 않았다. 그러나 세계가 붕괴하고 있다는 것은 좋은 신호였다. 그대로 있으면 하루나 이틀 사이에 가짜 세상은 완전히 형체를 잃고 진짜 세계 속으로 빨려 들어갈 것이다.

카르멘은 안도하자마자 금방 마음을 바꾸어 자신의 나태함을 꾸짖었다. 그녀는 전에 가짜 세계에 들어와 본 적이 없었다. 그러니까 소멸할 때 일어나는 일도 정확하게 알지 못했다. 만약 세계가 소멸하면서 그 안에 있는 것들이 모두 파괴된다면 카르멘도 거기에 휘말려 세상에서 사라질 수 있었다.

만약 카르멘이 무사할 수 있다면 되돌릴 수 없는 계획을 세운 다이아몬드 카분이 그 사실을 모를 리가 없었다. 루비 카르멘이 왕 앞에 나가서 고발하면 카분의 정치 생명이 그대로 끝나는 것이다. 그걸 알면서도 카르멘을 가둔 것은 그렇게 해야만 할 이유가 있어서였다.

그 이유라고 할 만한 것은 하나밖에 없었다. 카분이 자기의 모든 것을 걸고 모험한다면 그럴 만한 일은 하나밖에 없었다.

마침 며칠 전에 그녀가 아들과 함께 정기 순찰에 동행했다는 첩보를 들은 적이 있었다. 무언가 꿍꿍이가 있을 테지만 당장 큰 위협은 되지 않으리라 생각했는데 오산이었다. 그녀가 마법사 왕국의 변두리에, 그것도 안개가 특히 짙은 날 나간 것은 누군가를 만나기 위해서였다. 그리고 카르멘을 가둔 것은 그 만남과 무관하지 않을 것이다.

그렇다면 남은 시간이 많지 않았다. 적은, 카분은, 다이아몬드 가문은, 혹은 오닉스와 오팔 가문까지 연합한 자들은 카르멘이 가짜 세계에 갇힌 사이에 결말을 지으려고 할 것이다. 카르멘이 어서 탈출하는 것만이 그들의 계획을 막을 수 있는 유일한 방법이었다.

–받아라.

마법사들의 마법은 옛날이야기처럼 주문 같은 것을 필요로 하지 않지만 간혹 정신을 집중하기 위해 목소리를 내는 사람들이 있었다. 기합을 쓰면 근육에서 더 큰 힘을 짜낼 수 있는 것과 비슷한 원리였다. 카르멘은 그런 사람들을 시끄러운 무리라고 생각해 좋아하지 않았지만 지금은 자기도 모르게 입이 열리고 성대가 움직였다.

카르멘의 손에서 불덩이 같은 것이 나갔는데 색이 그녀를 뒤덮고 있는 검은 하늘과 비슷했다. 카르멘은 이 세계에 붉은색이 존재하지 않는다는 것을 알았다. 비쳐 볼 방법이 없었지만 그녀의 머리카락도 지금은 그저 칙칙한 회색처럼 보일 것이다. 케이프와 망토를 벗어서 확인했더니 붉은빛은 아예 없었다.

카르멘의 마법을 정통으로 맞은 하늘 조각 하나가 다시 땅으로 추락했다. 이번에는 예상했기에 힘들이지 않고 피할 수 있었다. 하늘의 구멍은 더 커졌다. 카르멘은 힘을 아껴야 하는 것을 알면서도 조각 몇 개를 더 떨어뜨렸다.

드디어 희망의 빛이 보였다. 저 멀리 마법이 닿기에 너무 먼 우주에서 희미하게 빛나는 별 하나가 가짜 세계의 지붕을 뚫고 카르멘의 눈동자에 작은 빛을 뿌려 주었다.

–저 하늘을 뚫으면 나갈 수 있다는 말이지?

그러나 마법사들은 새로 변신하지 않는 한 하늘을 날 수 없었다. 새로 변신하는 것과 날갯짓을 새처럼 원활하게 하는 것은 또 다른 문제였다.

마법사 중에는 늑대로 변신하기 좋아해서 일생의 절반은 사람으로, 나머지 절반은 늑대로 살면서 행복을 느꼈다는 이도 있었다. 그가 늑대로 변신했을 때는 실제 늑대와 움직임이 조금도 다르지 않았다고 한다. 그런 일은 평소의 연습으로 가능한 것이지 임기응변으로 할 일이 아니었다. 게다가 어린 시절부터 마음속 깊이 변신을 꺼렸던 탓에 카르멘의 변신 능력은 보잘것없는 수준이었다.

그렇다면 날아야 했다. 마법사 중에서 유일하게 나는 것과 비슷한 일을 하는 사람이 있었는데 왕의 동생 아리셀리스였다. 그의 비행은 정확히 말하자면 대포알이 되어 날아가다 떨어지는 것과 비슷했으나 어쨌든 그 중간 과정은 나는 것처럼 보였다.

카르멘은 남은 힘을 모아 아리셀리스처럼 몸을 날릴 생각이었다. 조금 전에 하늘 조각 몇 장을 떨어뜨리면서 보니 카르멘이 선 땅에서 하늘까지의 거리는 고작 90키나 정도 되어 보였다. 카르멘보다 백 배 정도 큰 거인이라면 정수리가 천장에 닿을 높이였다.

카르멘은 검은 불꽃을 하나 더 쏘았다. 이번에는 조각이 떨어져 나간 허공을 노렸다. 불꽃이 사그라들거나 튕겨 나오는 기색은 없었다. 그대로 하늘로 솟아올라 모습을 감추었다.

세계를 둘러싼 투명한 막 같은 것은 없다는 뜻이었다. 중요한 사실을 한 가지 확인했지만 아직 남은 과제가 있었다. 만약 첫 번째 도전에서 실패하면 카르멘은 그대로 땅으로 추락할 테고 그러면 뼈가 꺾이고 내장이 터져 다시 시도할 수 없었다.

그러나 세계가 붕괴하기를 가만히 기다렸다가 카분이 뜻을 이루는 것을 보느니 차라리 그 편이 나았다. 카분이 뜻을 이루어도 루비 가문의 수장을 살해한 죗값을 치러야 할 수도 있었다. 목숨을 아까워하지 않는다면 카르멘에게는 손해가 아니었다.

아리셀리스는 한때 카르멘에게 비행의 원리를 두 단계로 설명한 적이 있었다. 그때 열심히 듣지 않은 것이 후회되었다.

-너도 알겠지만 마법사는 마법의 흐름을 받아들여 자유롭게 조종하는 사람이야. 우리는 그 힘을 뭉쳐 불안정하게 만든 다음 마찰을 일으켜 폭발시키기도 하고, 반대로 열을 사방으로 흩어 대상을 얼리기도 하지. 그러니까 폭발하는 힘을 다스려 작은 범위로 모아 제어할 수 있다면 물체를 멀리 날릴 수 있는 거지. 호쾌해 보이는 방식에 비해서 고도의 집중력이 필요해.

힘을 제어하는 데 실패하면 폭발하는 힘이 대상에게 과도한 영향을 끼치게 되어 거기에 휘말리는 것이나 다름없는 결과를 낳았다. 이번 경우에는 카르멘의 발이 피해를 당할 대상이었다. 결과가 매우 나쁘게 나온다면 발목 아래가 통째로 사라질 수도 있었다.

-그래서 한 가지 더 중요한 건 마법의 힘으로 네 몸 전체를 보호해야 한다는 거야. 나는 것은 네가 생각하는 것만큼 쾌적한 일이 아니야.

-그렇게 생각한 적 없어.

카르멘은 자기가 냉정하게 대꾸했던 것이 유치한 행동이었다는 걸 이제 인정할 수 있었다.

–이유는 모르겠지만 바람은 날아가는 것에 저항하게 되어 있는 것 같아. 바람이 너를 찍어 눌러 눈을 뜰 수도 없고 제대로 숨쉬기도 어렵고 몸이 오그라들어. 조심하지 않으면 목이 부러질 거야. 그리고 네 발이 네가 만든 폭발에 휘말리지 않도록 마법의 힘으로 보호해 주지 않으면 안 돼.

–그 복잡한 걸 너는 준비 동작 없이 한다는 거구나?

–이제 내게는 새의 날갯짓과 같으니까. 과정을 의식하면 동작이 어색해지지만 생각 없이 몸을 맡기면 자연스럽게 이루어져.

기억 속에 마지막으로 떠오르는 아리셀리스의 얼굴은 환하게 웃고 있었다. 왜곡된 기억이었다. 아리셀리스는 어른이 된 다음에 그녀에게 그렇게 환하게 웃은 적이 없었다. 망할 예언 때문이었다.

그러고 보니 조금 전 친구에게 설명하는 것 같은 다정함도 실제로는 없었다. 처음 비행하는 방법을 설명해 달라는 말을 한 사람이 카르멘 자신이었는지도 확실하지 않았다. 어쩌면 둘과 같이 있던 타마스가 한 질문 같았다. 그렇다면 아리셀리스가 다정하게 설명했던 기억이 사실일 수 있었다.

기억이야 어쨌든 아리셀리스의 그 설명이 카르멘이 탈출할 수 있는 유일한 방법이었다. 세계가 붕괴할 때까지 기다렸다가 혹 몸이 무사하다고 해도 그때는 다이아몬드 카분의 계획이 실행된 다음일 것이고 그러면 모든 것이 끝장이었다.

그녀는 어린 시절의 친구이자 마법사들을 다스리는 위대한 라토의 힘과 지혜를 믿었지만 사람은 아무리 위대할지라도 암살의 위협을 피할 수 없었다. 암살, 그것 말고는 다른 가능성을 생각할 수 없었다.

카르멘이 머리부터 발끝까지 감각을 익히고 마법으로 보호하며 실험하는 데 한두 시간이 흘렀다. 마침내 그녀는 서서히 힘을 모으고 평소라면 절대로 입 밖에 내지 않을 주문까지 외우면서 하늘로 솟구쳤다.

–받아라.

그녀의 목소리는 겹겹이 쌓인 공기의 벽에 부딪쳐 산산이 흩어졌다. 카르멘은 하늘에 보이는 별을 목표로 삼았지만 이제는 머리가 꺾여 자기가 향하는 방향을 볼 수 없었다. 죽음과 삶의 경계에서 자기가 저지른 실수가 떠올랐다. 그녀가 땅에 떨어질 때 만약 이 가짜 세계의 지붕이 적절히 버텨 주지 못하면 다시 같은 곳으로 추락할 수 있었다.

아리셀리스, 네 힘을 조금만 내게 빌려줘. 어째서 그런 기원이 나왔는지 알 수 없었다. 그녀는 막을 뚫고 하늘로 한껏 날아올랐다가 땅이 끌어당기는 힘을 끝내 버티지 못하고 추락했다.

–라토, 라토.

온갖 협잡과 암투가 난무하는 마법사들의 세계에서 방문을 잠그고 거기에다가 마법으로 된 자물쇠를 달아 방의 주인이 아니면 열 수 없도록 겹겹이 보호 장치를 만드는 일은 상식으로 여겨졌다. 특히 모든 계략의 중심이 될 운명인 마법사 왕의 처소는 왕 본인이 아니면 풀 수 없는 자물쇠뿐 아니라 벽과 천장도 통과할 수 없게 보호 장치가 걸려 있었다. 하인조차 왕이 문을 열기까지는 들어올 수 없었다.

그래서 밤이 되면 라토의 방에는 언제나 한 사람만 있었고, 그 사람이 대화 상대 없이 입을 여는 것은 먹고 마실 때가 유일했으므로 목소리가 들리는 일도 없었다. 그러나 어둠 속에서 흐느끼는 목소리는 꿈이라고 생각하기에는 목덜미를 얼릴 만큼 생생해서 왕의 눈을 번쩍 뜨이게 했다.

방은 완전한 어둠으로 덮여 있었지만 왕이 손가락을 흔드니 희미하고 파르스름한 불빛 두 개가 침대 좌우에 생겨났다.

–라토.

라토는 비로소 자기를 부른 사람이 누구인지 알았다.

–카르멘.

희미하고 기괴한 목소리는 문틈을 타고 새어 들어오는 것이었다. 당연히 라토의 침실 안에는 아무도 들어올 수 없었다. 라토는 무심결에 그 목소리가 카르멘이라고 확신했다. 마법사 왕을 가짜 목소리로 속이는 것은 거의 불가능했다.

라토는 복잡한 잠금장치를 단숨에 풀고 문을 열었다. 그의 눈높이에는 아무도 없었다. 오히려 바닥을 보아야 비로소 카르멘의 비참한 몰골이 보였다.

그녀의 얼굴은 피투성이였고 다리 한쪽이 부러졌는지 바닥을 기고 있었다. 제아무리 마법사 왕이라고 해도 밤에 문득 그런 모습을 보면 모골이 송연해지는 것이 당연했다. 왕은 본능적으로 복도의 불을 밝혔다.

–카르멘.

바닥에 있는 사람은 분명 카르멘이었다.

–라토.

–무슨 일이야?

–다이아몬드 카분.

카르멘은 숨이 차서 길게 말하지 못했다. 하지만 그 한마디가 많은 것을 설명했다.

–카분이? 그보다 이렇게 심하게 다치다니.

라토는, 아리셀리스의 쌍둥이 형은, 마법사 왕은, 몸속에 알과 툰과 세를 품어 마법사들의 미래를 책임지고 있는 사람은, 그 순간 어린 시절부터 자신과 함께한 소꿉친구를 보고 인간으로서 당연히 품어야 하는 가련함을 느꼈다. 그래서 손을 뻗어 그녀의 팔을 잡았는데 그 순간 위화감이 피부를 타고 뇌까지 전해졌다.

그가 잡은 사람은 조금 전까지 카르멘이었으나 이제는 카르멘이 아니었다. 카르멘도 분명 그것을 느낀 것 같았다. 표정이 변하면서 벌써 탈출하다니, 하고 혼자 중얼거리는 것이 보였다.

그러고 보니 경비병이 없는 것도 이상했다. 그러나 라토가 정신을 차리기도 전에 카르멘의 팔을 타고 검은 연기 같기도 하고 물 같기도 한 것이 그의 팔을 콱 문 다음 혈관을 타고 들어가고 있었다. 라토는 곧바로 그 정체를 알아차렸다. 한때 아리셀리스의 마법을 제어하던 바로 그 독이었다.

–너는.

–왕이시여, 당신의 통치는 여기까지입니다.

–이 미련한 자야.

라토의 울부짖음에 카르멘으로 위장한 다이아몬드 카분은 자기도 모르게 고개를 숙이고 바닥에 엎드렸다.

-모습을 흉내 내는 것만으로는

마법사 왕의 눈을 속일 수 없습니다.

그는 존재의 본질을 보는 사람이니까요.

세상에는 똑같은 것이 두 개 존재할 수 없도록 막는

미지의 법칙이 존재해서 루비 카르멘이

이 세상에 있는 동안에는 루비 카르멘과 같은

본질을 만들 수 없는 겁니다.

-그러면 루비 카르멘을 죽여야 하는 건가?

-아닙니다. 그렇게 되면 그 존재 자체가 사라지니

더 이상 흉내 낼 수도 없지요. 더 간단한 방법이 있습니다.

그분을 존재하게 두되 이 세상에서 격리해 놓으면

그분의 본질을 흉내 낸 루비 카르멘이

진짜처럼 보이게 될 테고 집중하지 않으면

위대한 라토조차 속을 수 있습니다.

V

아리셀리스와 라토가 마침내
그들을 옭아매던 예언을 완성한다

–이 미련한 자야.

다이아몬드 카분은 영문도 모르면서 바닥에 엎드려 벌벌 떨었다. 어떤 마법도 사용하지 않았는데 지금 앞에 있는 사람이 마치 산처럼 거대하게 보였다.

–네가 무슨 짓을 했는지 알고 있는가?

당신의 통치를 끝내고 다이아몬드 가문이 나라를 장악해서 남쪽의 오셀롯과 협력해 제국을 차지할 생각입니다. 죽어 가는 라토 앞에서 자장가처럼 들려주려고 했던 이야기가 지금은 입에서 나오지 않았다. 라토의 준엄한 꾸짖음은 그녀가 어려서부터 지은 수많은 죄를 모두 떠올리게 하는 것이었다.

–너는, 너는 우리 마법사들의 운명을 파멸로 몰아넣었다.

계획에 성공했으나 다이아몬드 카분의 마음에 기쁨은 없었다. 단순하지만 가장 성공할 확률이 높은 계획이었다. 루비 카르멘이 아니고서야 조심성 많은 라토의 근처에 접근할 수 없었다. 존재 자체가 거대한 마법인 라토를 원거리 공격으로 죽일 방법은 아예 생각조차 하지 않았다.

그러나 라토가 모든 것이 끝났다고 한탄하는 순간 그 말이 괜한 저주가 아니라 사실이라는 확신이 들었다. 파멸에 처한 존재는 근거 없이 파멸을 실감하게 되는데 지금 카분의 기분도 그러했다.

–카르멘.

소란을 듣고 부하들과 나타난 사람은 다이아몬드 울릭, 그녀의 아들이었다. 그것도 계획 안에 있었다. 울릭이라면 어머니가 왕을 암살한 상황에서 군대를 수습해 혼란을 마무리할 것이다. 그녀는 우유부단한 아들이 어머니를 배신하지 못할 것을 알았다.

–카르멘, 아니, 어머니?

카르멘의 얼굴 속에서 카분의 얼굴이 보였다. 둘의 얼굴이 반반씩 섞인 것 같은 모습에 울릭은 속이 메스꺼워졌다.

–울릭, 우리는 성공했다.

그 순간 울릭의 얼굴에 떠오른 공포를 보면 설령 다이아몬드 카분이 마법사 왕국의 새로운 지배자가 된다고 해도 그 아들이 지위를 물려받지 못할 것을 알 수 있었다. 그의 얼굴에 겹겹이 쌓인 공포 사이에 감춰진 경멸은 어머니를 향하고 있었다.

–어머니, 우리 왕에게 무슨 짓을 하신 겁니까?

아들이 말을 걸어 준 덕분에 카분은 침착함을 되찾았다. 조아린 머리를 다시 들고 아들을 향해 호통을 칠 수도 있었다.

–에메랄드의 왕이지 우리 다이아몬드의 왕이 아니다.

아들은 어머니의 대답을 건성으로 듣는 대신 고통스러워하는 왕을 바라보았다. 창백한 피부에 비치는 그의 핏줄이 검게 변해서 팽창했다. 독이 핏줄을 타고 흐르는 탓이었다. 왕이 이를 악물고 고통을 참는 동안 가슴에서 빛이 한두 갈래씩 새어 나오기 시작했다.

–이 멍청한 것아. 너는 마법사들의 마지막 희망을 망가뜨렸다. 당장 네 머리를 부수고 싶지만 그럴 여유가 없는 게 애석하구나.

새어 나오는 빛이 더욱 커져서 라토의 얼굴을 덮었고 그 모습은 마치 지상에 강림한 신처럼 영광스럽게 보였다. 카분은 다시 평정심을 잃었다. 그녀는 팔과 엉덩이로 뒷걸음질해 왕에게서 물러났다.

–어머니.

아들은 주어진 상황을 감당하지 못하고 신경이 모두 끊어진 것처럼 바닥에 주저앉았다. 대장이 그러니 부하들은 갈팡

질팡하며 어찌할 바를 모르고 서성이거나 벽에 기대어 사태를 관망했다.

–지금 내가 이걸 제어하지 못하면 이 왕궁 전체가, 아니, 이 도시가 폭발에 휘말려 사라질 것이다.

빛 속에서 들려오는 왕의 목소리는 아까보다 안정되어 있었다. 그것이 공연한 협박이 아님을 모두가 알았다.

라토의 등 뒤에 있는 침실에서 폭발하는 소리가 나는 바람에 카분과 울릭과 병사들이 움찔 몸을 떨었다. 그러나 라토의 몸이 폭발한 것이 아니었다. 비산하는 먼지를 뚫고 나타난 것은 한때 젊음을 자랑하던 라토와 똑같은 얼굴을 지닌 마법사였다.

–형.

–아리셀리스.

아리셀리스는 묻지 않고서도 무슨 일이 일어났는지 알았다. 그는 손을 뻗어 카분과 아들의 목을 날리려고 했으나 라토가 만류했다.

–그럴 시간이 없다. 어서 나를 도와다오.

아리셀리스는 곧바로 형이 제어하고 있는 세 기운에 손을 뻗었다. 그들이 알, 툰, 세라는 것은 아리셀리스도 알고 있었다. 주로 듣기만 했지만 그중 하나와 긴 이야기를 나눈 일도 있었다.

형제가 폭발을 막는 사이 어머니와 아들은 그 틈을 노려 도망가려고 했으나 초대받지 않은 손님이 한 명 더 있었다. 간신히 가짜 하늘을 뚫고 탈출한 루비 카르멘이었다. 그녀는 탈진해 있었지만 분노가 활활 타오르는 마법사는 본래 감당할 수 있는 힘보다 더 큰 것을 끌어올 수 있었다. 특히 루비 가문은 그런 성정으로 잘 알려졌다.

-다이아몬드 카분. 각오는 되어 있겠지?

카분이 손을 뻗었으나 미리 준비하고 있었던 카르멘의 손놀림이 더 빨랐다. 창처럼 날아간 기운이 카분의 왼쪽 팔을 꿰뚫었다. 카분은 헝겊으로 만든 인형처럼 맥없이 바닥에 나뒹굴었다.

-당신도 대가를 치러야 해.

울릭은 카르멘과 싸울 생각이 없어서 양손을 들고 비굴하게 말했다.

-나는 몰랐소. 이건 나와 상관없는 일이오.

카르멘은 그의 말에서 일말의 진실을 감지했지만 그렇다고 해서 마음이 가라앉지는 않았다.

-그건 내가 알 바 아니야. 너희 다이아몬드는 모두 공범이니까.

카르멘이 분노로 손가락을 떠는 바람에 머리를 조준한 것이 빗나가 다이아몬드 울릭의 가슴을 직격했다. 만약 머리에 맞았으면 그대로 터져 버렸겠지만 가슴에는 갑옷이 있어서 충격을 완화했다. 그래도 복도를 날아가 벽에 처박힌 울릭은 다시 일어날 기미가 없었다.

카르멘이 다이아몬드 카분의 숨통을 끊으려고 다가가는 순간 형제는 둘만 존재할 수 있는 고립된 세계에서 이야기를 나누고 있었다. 그들의 육신은 지상에 있었지만 그들의 정신은 다른 곳에 있었고 시간이 멈춘 듯한 그곳에서 누구에게도 방해를 받지 않았다.

– 아리셀리스.

– 형.

– 더는 버틸 수가 없다.

– 내가 끝까지 옆에서 도울게.

라토는 고통 속에서도 손을 뻗어 동생의 어깨에 얹었다.

– 네가 세상에서 제일가는 마법사라지만, 도움을 받아도 내 몸에 있는 세 기운을 완전히 제어할 수가 없어. 이 녀석들이 이미 멋대로 날뛰기 시작했거든. 이대로라면 마법사 왕국의 역사는 끝이 난다. 지금까지 참고 기다린 것이 모두 헛것이 되는 거야.

–그러면? 그러면 어떻게 하라는 말이야? 나 혼자 도망치라고?

–아니. 네가 이 기운을 가져가야 한다. 나와 함께.

–그게 무슨 말이야?

고통 속에서도 라토는 침착했고 아리셀리스는 20년 전 형과 재능을 다투던 소년으로 돌아간 것 같았다.

–이 기운을 받아들일 수 있는 그릇은 이제 너밖에 없다. 처음부터 우리 둘을 빼면 아무도 감당할 수 없었어. 이제 내 몸은 독으로 침식되어 가고 있으니 이것들을 네 몸에 심어야 해. 하나만 태어나야 했던 그릇이 둘이나 태어난 것은 어쩌면 이런 일을 대비한 하늘의 뜻이겠지.

라토는 피를 토한 다음 개운한 표정으로 말을 이었다.

–거의 완성되었어.

–완성?

라토는 아리셀리스가 아는 것이 완전하지 않음을 뒤늦게 깨달았다. 알과 툰과 세가 지니는 의미를 아리셀리스는 온전히 알지 못하고 어렴풋이 짐작하고 있었다. 아무리 둘만의 세계에서는 현실보다 시간이 느리게 흐른다지만 모든 것을 설명하고 있을 수는 없었다.

–나와 알과 툰과 세를 흡수해라. 그러면 내 지식이 네 지식

이 될 것이고 모든 것을 이해할 수 있어. 자, 시간이 없다.

–세상에 그런 마법이 있다고는.

–아리셀리스, 형의 마지막 부탁이다.

–내가 셋을 흡수하면 형은 아직 살 희망이 남은 것 아니야?

–그렇지 않아. 내 몸은 이미 파괴되었고 아무리 너라고 해도 그 녀석들을 단숨에 제어할 수는 없어. 힘으로만 해결되는 문제가 아니니까. 그러니 그들과 평생을 함께 지낸 내가 도와야 한다.

아리셀리스는 망설였다. 알과 툰과 세를 책임진다는 것이 무슨 뜻인지 모르지 않았다. 자신과 맞먹는 힘을 지녔지만 아버지를 연상시킬 만큼 늙어버린 형의 얼굴을 보고 모를 수가 없었다.

–그러면 어떻게?

그 순간 아리셀리스의 마음이 확고하게 정해졌다고 말할 수는 없었다. 그저 어쩔 수 없는 일이라면 받아들여야겠다고 생각하며 마음의 틈을 엿보인 정도였다. 그러나 기다렸다는 듯이 아리셀리스의 몸으로 격류가 밀려들었고 아리셀리스는 다른 생각을 할 겨를도 없이 그 기운을 받아들여야 했다. 거부하면 큰 폭발이 일어날 것을 알았다.

이 놀라운 일의 증인은 루비 가문의 수장 카르멘밖에 없었다. 카분과 울릭 모자는 그녀의 공격을 받고 쓰러져 있었다. 카분은 정신을 차렸지만 반격을 위해 기절한 척했고 울릭은 정말로 정신을 잃고 있었다.

카르멘도 일어난 일을 제대로 본 것은 아니었다. 알과 툰과 세가 태양처럼 밝은 빛을 사방으로 비추는 바람에 눈을 뜰 수가 없었다. 그러나 빛이 약해졌을 때 그 속에서 검은 그림자처럼 보이는 두 사람이 서 있는 것을 얼핏 확인했다. 둘은 넷이 되고 여덟이 되고 셀 수 없이 많아졌다가 다시 기운이 잦아들며 결국에는 하나만 남았다.

모든 일은 순식간에 마무리되었다. 바닥에 털썩 주저앉는 아리셀리스를 부축하러 달려간 루비 카르멘은 끔찍한 모습을 보고 헉 소리를 내었다. 왕이, 라토가 있던 자리에 남은 것은 뱀이 허물을 벗은 것 같은 가죽과 옷가지뿐이었다. 이미 오랜 시간이 지난 것처럼 바짝 마른 살가죽은 건드리기만 해도 바스라질 것 같았다.

–카르멘.

아리셀리스가 입을 열어 그녀를 불렀다. 카르멘은 어린 시절의 친구를 바닥에 떨어뜨릴 뻔했다. 그의 목소리에서 두 사람이 느껴졌다. 분명 하나의 음성이지만 둘을 섞은 것처럼 들렸다.

카르멘은 서둘러 아리셀리스의 얼굴을 확인했다. 그 속에서 라토의 모습은 확인할 수 없었다. 그러나 아리셀리스가 눈을 뜨고 가벼운 미소를 지으며 카르멘을 보았을 때 그녀는 그 속에서 다시 두 사람을 보았다.

–카르멘, 우리는 당분간 움직일 수 없어. 우리를 데리고 왕궁을 나가 줘.

우리라니, 카르멘은 공포와 경악을 숨기지 못했다. 눈물이 폭포처럼 쏟아지고 머리카락이 전부 빠지는 듯했다. 그녀는 비명을 지르고 싶었지만 꺽꺽대는 소리밖에 나오지 않았다.

–시간이 없어, 루비.

아리셀리스, 아니면 라토, 아니면 아리셀리스와 라토의 말이 옳았다. 다이아몬드의 병사들은 빛이 잦아들자마자 주어진 상황을 눈에 보이는 대로 해석해 버렸다. 그들의 좁은 시각으로는 그것이 최선이었다.

–왕이 시해당했다. 루비 카르멘과 에메랄드 아리셀리스가 왕을 죽였다.

목소리는 마치 마법의 바람을 탄 것처럼 쩌렁쩌렁 울리며 온 성을 깨워 놓았다. 왠지 모를 불길한 예감에 잠 못 들고 있던 성안 사람들은 아까 알과 툰과 세가 태양처럼 사방에 빛을 뿌리는 바람에 몸을 반쯤 일으키고 있었다. 그 말을 신호로 침상을 박차고 나오며 소란스럽게 굴었다.

-왕이 죽었다. 범인은 카르멘과 아리셀리스다.

아, 루비는 그제야 예언을 떠올렸다. 아리셀리스가, 왕의 쌍둥이 동생이 왕을 죽이고 이어서 왕이 될 것이다. 그 예언 때문에 아리셀리스를 멀리했던 자신이 공범이 될 줄 누가 알았을까? 예언이 교묘하게 현실을 표현했다고 해도 그 표면에 드러난 의미는 실제와 다른데 그 사실을 누가 알아줄까?

-루비, 우리를 데려가야 해. 여기서 잡히면 안 돼.

루비 카르멘은 무너져 내리는 정신을 겨우 다잡고 몸을 일으켰다. 가짜 세계를 탈출할 때부터 그녀는 이미 모든 기운을 쏟은 상태였다. 그 와중에 다이아몬드 모자를 공격하느라 남은 힘까지 비틀어 짜냈다. 그러나 아직도 끝난 게 아니었다.

카르멘은 어렸을 적부터 두 형제가 가끔 얄미울 때가 있었는데 그때마다 에메랄드의 쓰레기들하고는 다시 놀지 않겠다고 결심했었다. 며칠이 지나면 화가 좀 가라앉고 두 형제가 스스럼없이 찾아오고 부르는 바람에 끝내 그 계획은 실현되지 못했다. 그 얄미운 소꿉친구들은 지금 목숨마저 카르멘의 손에 맡겨 놓고 재촉하는 중이었다. 정말 어른이 되어서도 변함없이 얄미운 형제였다.

저들은 아리셀리스의 힘을 잘 알고 있으니 감옥에 가두기 전에 독을 먹일 것이다. 이번에는 양을 조절하지 않고 아리셀리스가 몸을 가누지 못할 만큼 먹일 것이다. 그러면 라토가 그랬듯이 아리셀리스가 폭발할 것이다. 자세한 내막은 모르지만 빛나는 폭탄이 동생의 몸으로 옮겨 갔다는 사실 정도는 유추할 수 있었다.

복도 쪽은 이미 병사들로 가득했다. 몸이 멀쩡하다면 루비 가문의 수장이 상대하지 못할 것도 없었으나 지금은 만신창이였고 아리셀리스의 몸을 끌고 가야 하니 무리였다. 적이 선불리 접근하지 못하고 눈치를 보는 사이에 카르멘은 얼른 왕의 침실에 들어가서 마법으로 된 잠금장치를 작동했다. 라토처럼 단단하게 잠그는 것은 불가능했으나 잠깐은 버틸 수 있었다.

카르멘은 아리셀리스를, 어쩌면 형제를 침상에 옮겨 놓고 창문으로 달려갔다. 창밖을 내려다보면서 거기에는 제발 군대가 없기를 바랐다. 군대는 없었다. 그러나 다른 이가 창문을 초조하게 올려다보다가 카르멘의 얼굴이 나타난 것을 보고 반색하며 손을 흔들었다.

–루비 님.

–아네시 님.

아네시가 타고 있는 것은 근육이 불거진 제국산 말 여섯 마리가 끄는 마차였다. 아네시의 왼쪽에는 충실한 마부가, 오른쪽에는 어린 타마스가 앉아 있었다. 아리셀리스의 수양딸인 아이였다.

–어서 가야 합니다, 루비 님.

루비는 어째서 그 사람들이 거기에 있는지 묻지 않았다. 이미 밖에서 병사들이 문을 맹렬하게 두들겨 대는 중이었다. 남은 시간은 고작해야 몇 분이었다.

카르멘은 다시 정신을 잃은 아리셀리스의 몸을 안아 들었다. 그의 가슴과 배에서 희미한 빛이 흘러나왔다. 너울거리는 것이 아직 안정적인 상태가 아닌 것 같았다. 그러나 그것은 몸의 주인이 책임질 문제였고 카르멘은 그 몸을 지켜야 했다.

카르멘이 창문을 날아 마차의 지붕에 사뿐히 내려앉은 다음 열린 문 안쪽으로 곡예를 부리듯 들어가자 거기에는 타마스의 어머니가 타고 있었다. 그녀는 불편한 듯 카르멘의 눈을 피하다가 정신을 잃은 아리셀리스를 확인하고 금세 눈물을 흘렸다. 죽었다고 생각하는 것 같아서 카르멘이 오해를 바로잡아 주었다.

–괜찮아요. 시간이 지나면 깨어날 거예요.

아네시가 마부에게 명령하자 말들의 엉덩이에서 다시 후끈

한 김이 솟았다. 마법사 왕국에서 좀처럼 찾아보기 어려운 건강한 말들은 힘을 아끼지 않고 대로를 달렸다. 왕궁 안은 소란스러울지언정 시내에는 활보하는 사람이 거의 없었다. 마법사들이 밤을 좋아한다지만 길거리를 돌아다니기보다는 자기의 안식처에 머물러서 다행이었다.

카르멘은 아리셀리스의 곁에 타마스의 어머니가 달라붙어 살피자 자기가 할 일이 없어졌음을 알았다. 마부석과 통하는 창문을 열고 아네시에게 물었다.

-지금 어디로 가는 거죠?

-우리는 북쪽으로 가고 있어요.

-북쪽이요?

-거기에 가면 에메랄드와 루비 가문 사람들이 기다리고 있을 거예요.

-어째서요?

아네시가 깔깔대며 웃었다. 평소 차분한 그녀의 모습과는 거리가 멀었다. 고함을 치며 대답하는 것은 마차가 달리는 와중에 그렇게 하지 않으면 목소리가 들리지 않는 까닭도 있었지만 아네시가 들뜬 것과도 무관하지 않은 듯했다.

-에메랄드와 루비는 오늘 밤 왕국을 탈출할 거예요.

루비 카르멘은 그 말의 진정한 의미를 깨닫고 잠시 몸을 떨었다. 왕을 시해한 카르멘이 이끄는 루비와 두 형제를 동시에 잃은 셈인 에메랄드는 이제 대대적인 숙청과 탄압에 시달릴 차례였다. 다이아몬드 카분이 정신을 차린다면 가장 먼저 떠올릴 법한 생각이었다.

마차는 루비가 생각을 정리하는 동안 쉬지 않고 달려 왕궁을 밝히는 불빛에서 가능한 한 멀리 벗어났다. 곧 어둠 속을 벌레처럼 파고들었다.

에메랄드 형제에 관한 예언에서 나온 옛말 '레벤'은
죽음을 의미하는 동사다. 그러나 어원을 살펴보자면
그것은 결합을 의미하는 동사 '레븐'에서
파생되었다고 여겨지는데 죽음이 결국은
하나의 합일적 존재 속으로 돌아가는 일이라고 여겼던
옛사람들의 생각과 무관하지 않다.
한편 레븐의 과거형과 수동형과 공손형은 모두
'리에벤'으로 변형되는데 이것을 사람이나 지역에 따라
레벤으로 발음하는 경우도 있었다. 예언이 문자가 아니라
예언자의 음성으로 전해졌고, 동사가 변형된 형태사가
동사와 같은 방식으로 사용되기도 하는
옛말의 특성을 생각해 보면 원래의 해석과
다른 방식으로 이해하는 것도 가능하다.
형이 죽고 그 죽음에 영향을 끼친 동생이
다음 왕이 될 것이다, 가 아니라 형이 결합하게 된 대상은
바로 다음 왕인 동생이다, 라고 해석할 수 있는 것이다.
예언이 실현되기까지는 아무도 이렇게 해석하지 않았는데
그 내용이 너무 허무맹랑해서 재고할 가치가 없었다.

VI

받아들이기 어려웠던 명령의 의미가 밝혀지고
아네시가 흘린 눈물을 후회한다

너는 이 안개를 다시 통과하지 못할 것이다.

그 말을 처음 듣고 나서 얼마나 많은 눈물을 흘렸던가. 쿠오피오에서 연중 사라지지 않는 안개를 통과할 수 없다면 여생을 마법사 왕국에서 보내야 한다는 뜻이었다. 아네시는 명령을 다시 생각해 달라고 빌 수 없었다. 그녀는 듣는 사람일 뿐 말하는 사람이 아니었다.

아네시와 함께 마법사 왕국을 방문한 이방인들은 모두 자기 길을 찾아서 떠났다. 그들은 살아 움직이는 것처럼 인간의 피부를 건드리고 재잘거리듯 흔들리는 안개를 젖히며 빠져나갔다. 에이어리, 데스커드, 가르젠, 심지어 마법사 왕국에서 태어나고 자란 아리셀리스도 남지 않았다.

그들은 떠나기 전에 하나같이 물었다.

–어째서 여기에 남으시려는 겁니까?

그들의 표정은 미리 준비한 것처럼 똑같았고 아네시의 눈에는 신이 그들의 입을 빌려 대신 묻는 것처럼 보였다.

–저는.

아네시는 단번에 대답한 적이 없었다.

–저는 신에게 들은 것을 따를 뿐입니다.

그렇게 말하고 나면 그 내용을 설명해 달라는 요청을 받을까 봐 두려웠다. 그녀도 아는 것이 없었다.

–우리는 안 갑니까?

아네시의 낌새가 이상하다는 것을 눈치챈 하인이 조심스레 물은 것은 마법사 왕국의 예언자들과 전설에 남을 대결을 펼치고 나서 열흘이나 지난 다음이었다. 제 딴에는 많이 고민하고 주저한 다음에 묻는 것이었다.

–원하면 너는 가라. 나는 갈 수 없으니.

–어째서요?

–신이 그렇게 명령하셨으니까.

–신이 이 나라를 떠나지 말라고 하셨습니까?

하인은 신의 명령 따위 어기면 좀 어떻습니까, 같은 말은 하지 않았다. 그는 주인이 그럴 수 없다는 것을 누구보다 잘 알았다.

–아니야, 코르. 신은 다만 내가 안개를 다시 통과할 수 없

다고 하셨어.

아네시는 신뢰하는 하인에게 들은 내용을 자세히 일러 주었다.

-그렇다면 안개를 통과하지 않고 나가면 되겠네요.

아네시인들 같은 질문을 해 보지 않은 것이 아니었다. 루비 카르멘에게 이에 대해 물었을 때 그녀는 마법사 왕국의 입구는 오직 하나, 쿠오피오 앞에 있다고 대답했다.

-그래서 마법사 왕국이 여기 세워진 겁니다. 마법사들의 고유성을 지키기 위해서요.

아네시는 그때 산을 넘을 방법이 없는지도 함께 물었다.

-저 산은 온갖 보호 마법으로 막혀 있습니다. 유사시가 아니면 외부인을 위해 열리지는 않을 겁니다.

특히 당신처럼 마법사들에게 적으로 취급받는 사람을 위해서는요. 루비 카르멘은 거기까지 설명해 주지 않았지만 아네시는 카르멘이 말해 주지 않은 것까지 읽어 낼 수 있었다.

-다시 말하지만 너는 가도 좋다. 너도 여기 남을 필요는 없어. 마법을 쓰지 못하는 사람은 이 나라에서 살기 어려우니까.

그러나 코르는 고개를 가로젓더니 며칠 뒤 낯선 나라 사람들과 친분을 쌓은 끝에 해결책을 가지고 나타났다.

-안개를 통과하지 않고 이 땅을 드나드는 사람이 있다더

라고요. 아리셀리스 님이요. 그분은 하늘을 날아서 산을 훌쩍 넘어 버린답니다. 그분의 힘을 빌리면 우리도 다시 바깥으로 나갈 수 있어요.

그때 아리셀리스는 마법사 왕국을 떠나 있었고 언제 다시 돌아온다는 기약이 없었다. 마법사 왕국에서 아리셀리스가 받는 취급은 딱히 아네시에 비해 낫다고 보기도 어려웠다. 그러니 가까운 시일 안에 다시 찾아올 것 같지는 않았다.

그리고 아네시는 안개를 통과하지 못한다는 말의 의미가 과연 그런 것일까 생각했다. 명령이 말에 담겨 있다는 것을 이용해 교묘하게 비트는 일은 신을 기만하는 것이나 다름없었다. 제국에도 비슷한 이야기가 있었다.

어떤 사람이 배를 타고 가다가 풍랑을 만나 바다에 빠져 죽게 되었다. 그는 신에게 만약 목숨을 살려 주신다면 배에 실린 물건을 팔아서 버는 돈을 모두 바치겠다고 빌었다. 풍랑은 갑자기 잠잠해졌고 그는 무사히 목적지에 도달했다.

목숨을 구하게 되자 돈이 아까워졌다. 배에 실린 물건은 하나같이 귀중한 것이라 다 팔면 가난한 자도 순식간에 부자가 될 수 있었다. 이야기의 주인공은 그 밖에도 재산이 많았으나 욕심을 부렸다.

그는 배에 실린 물건을 파는 대신 남에게 빌려주고 다달이

이자를 받았다. 물건을 판 적이 없으니 신에게 바칠 돈도 없다고 생각했다.

이야기의 결말은 정확히 기억이 나지 않았다. 부자가 벼락을 맞아 죽었거나 욕조에 빠져 죽는 결말도 있었지만, 마음을 고쳐먹고 목숨을 건지는 이야기도 있었다. 이야기가 주는 교훈이 너무 명확해서 싱겁게 느껴질 지경이었다.

아네시는 마법사 왕국에 정착하기로 마음먹었다. 그녀는 마법을 쓸 수 없지만 어쨌든 왕국의 예언자들과 대결해 이긴 적도 있으니 입지가 아예 없지는 않았다. 라토를 지지하는 사람들은 간혹 아네시를 찾아오기도 했다. 주로 에메랄드와 루비와 사파이어에 속한 사람들이었다.

코르는 끝내 아네시의 곁에 남았다. 아네시의 만류에 주인을 나가게 할 방법을 찾는 일도 그만두었다. 아네시가 마법사 왕국에 정착하기로 마음먹었을 즈음에 예언자들을 다스리는 루크크가 찾아오기도 했다.

그는 적대적인 목적으로 온 것이 아니라며 토론을 청했다. 아네시가 어떻게 신의 목소리를 듣는지 꼬치꼬치 물은 다음 이렇게 반문하기도 했다.

-그것이 실제로 신의 목소리인지 아니면 마음속에서 들리는 본인의 목소리인지 어떻게 구별합니까?

떠날 생각을 버린 덕분에 마음의 여유를 되찾은 아네시는 어렵지 않게 루크크의 말에 대답할 수 있었다.

-구별하는 방법은 따로 없습니다. 자기 마음의 목소리를 신의 뜻이라고 전하는 사람도 있지요.

-그럼 본인이 가짜 예언자일 수도 있다고 인정하시는 겁니까?

아네시는 루크크의 수염, 분명히 권위적으로 보이기 위해 애써 기른 무성한 털을 보면서 대답했다.

-미래를 말하는 자는 자기의 입에서 나오는 말로 모든 것을 증명할 수 있습니다. 말한 것이 이루어지면 참된 목소리를 전하는 것이고 이루어지지 않으면 거짓된 자입니다. 세상에 드물게 단순한 일입니다.

아네시는 루크크를 당당하게 쳐다보아서 그가 과거를 떠올리게 했다. 왕 앞에서 벌인 대결은 오래전 일이 아니었다. 그때 부산스럽게 날아오른 먼지가 아직 땅에 가라앉기도 전이라고 우스개 삼아 말할 수도 있었다.

루크크는 끙 소리를 내며 일어났다. 그는 돌아가기 전에 품어 둔 질문을 슬며시 꺼냈다. 처음부터 이것이 찾아온 목적이었다.

-그래서 제국으로 떠나지 않고 계속 여기에 머물 작정입

니까?

아네시는 그를 친구로 생각하지 않았고 그렇다면 모든 것을 밝힐 필요가 없었다.

–당분간은 더 머물고 싶군요.

루크크는 아네시의 얼굴에서 결연한 의지를 읽었을 뿐 어떤 슬픔의 흔적도 찾을 수 없었다. 그것들은 아네시가 진작 전부 깨끗이 쓸어내 버렸던 것이다.

아네시가 사는 집은 새로 지어진 것이었다. 왕의 동생인 아리셀리스의 집이 폭발하는 바람에 다시 지은 것이었으나 정작 주인인 아리셀리스는 이곳을 낯설어 했다.

–원하시는 만큼 머무십시오. 이제는 제 집이 아닙니다.

아리셀리스는 그렇게 말하고 떠났다. 아네시는 자기가 반쯤은 주인이 된 집에서 한가한 일상을 보냈다. 집은 아름다웠고 마법의 힘 덕분인지 사계절 피는 꽃들이 계절의 순환을 무시하고 모여 시들지도 않고 하늘거렸다. 제국의 분주함과는 거리가 먼 안온함이 있었다.

마법사 왕국의 암투는 여전히 치열했으나 아네시의 눈에는 보이지 않았다. 마법사들도 이제 아네시를 그녀의 집에 핀 꽃들처럼 무심히 바라볼 뿐 정쟁 요소로 삼지 않았다. 아네시가 신의 뜻을 원하는 손님의 수마저 제한하면서 그녀의 삶은 더 조용해졌다.

계절이 눈에 보이는 것과 들리는 것마저 차갑게 만들 무렵에도 아네시의 집은 마법으로 만들어 낸 따뜻함이 감돌았다. 그녀는 편안한 의자에 앉아 낮은 담장 밖의 메마른 가지와 정원의 잎이 풍성한 나무를 번갈아 보다가 설핏 잠이 들었다. 잠은 꿈을 부르며 손짓했다.

30분쯤 지났을 때 코르는 자기를 다급히 찾는 목소리를 들었다.

–코르, 코르, 어디에 있어?

–여깄습니다.

–우리 말과 마차는 어디에 있지? 우리가 여기에 타고 왔던 것 말이야.

–이 집에는 보관하기 마땅치 않아서 아는 사람한테 맡겨 두었죠.

마법사 왕국에는 사실 보석의 이름을 받지 못한 사람들이 더 많았는데 그들은 하층민이라 여섯 가문을 섬길 뿐 눈에 띄거나 관심의 대상이 되지 않았다. 코르는 자기의 처지 덕분에 어렵지 않게 그들과 친해져서 여러 가지 호의와 도움을 주고받고 있었다.

–그걸 당장 찾아와야 한다.

–어디에 가시려고요?

–그건 아직 모르지만 이 나라를 나가는 일에 쓸 거야.

코르는 주인의 얼굴에서 열띤 희열을 보고 어리둥절해졌다. 얼마 전까지만 해도 거미가 뺨을 기어다니며 줄을 쳐도 어색하지 않았을 사람에게 무슨 일이 일어나기는 한 모양이었다. 자연스럽게 의문이 하나 떠올랐다.

–저 안개를 뚫고요?

–안개는 뚫을 수 없어.

–그러면요?

–나중에 다 알게 될 거야.

코르가 끌고 온 제국산 말 여섯 마리와 마차가 정원의 풍경을 흉물스럽게 망쳐 놓은 것은 사실이었으나 아네시는 그런 것쯤 아무래도 좋다는 태도였다. 코르가 알게 된 후로 아네시가 그렇게 활발한 모습을 보이는 것은 처음이었다. 전에 비슷한 일이 있기는 했는데 대장장이 왕을 구하기 위해 느브루의 골짜기로 향했을 때였다. 코르는 그런 일이 또 일어날 것을 확신했다.

아네시는 마차가 갖추어지자마자 루비와 에메랄드와 사파이어 사람들이 사는 구역을 돌아다녔다. 마법사 왕국에서 좀처럼 볼 수 없는 거대한 말 여섯 마리가 끄는 마차를 타고 나타나 말도 안 되는 소리를 늘어놓는 모습은 보는 사람들에게 광인을 연상하게 했다.

–당신들에게는 파멸이 닥칠 것입니다. 평온한 시절은 이제 끝났습니다.

–저기 저 성에서 큰 빛이 나오거든 주저하지 말고 일어나 예언자들의 땅 옆에 있는 광장에 모이십시오. 그것만이 유일한 방법입니다. 그날을 놓치면 다시 기회가 오지 않을 겁니다.

–제가 말한 대로 하는 것이 진정으로 왕을 따르는 길입니다. 왕은 여러분과 함께 있을 겁니다.

누군가 아네시의 이 말을 듣고 묻기도 했다.

–왕의 마음이 우리와 함께한다는 뜻입니까?

–아닙니다. 왕은 말 그대로 당신과 동행할 겁니다.

아네시는 목소리가 작은 사람이라 선동가처럼 우렁차게 고함을 지르는 일은 없었다. 다만 차분한 모습과 다르게 눈은 저 멀리 보이지 않는 세상을 보는 것 같아서 그녀를 믿는 사람들이나 믿지 않는 사람들을 모두 두렵게 만들었다. 그녀가 입을 열면 좌중은 일단 침묵했다. 반대자들도 마찬가지였다.

코르는 아네시가 사람들 앞에 나서서 뜻을 전한 적이 없음을 알았다. 그는 아네시가 위대한 조언자로 불리기 한참 전, 제국 사람들에게 신의 말을 들려주기 시작한 후부터 거의 모든 시절을 함께한 사람이었다. 그녀는 언제나 골방에서 소수의 사람만 상대했었다. 그러니까 코르야말로 아네시의 변화에 가장 경악한 사람이었으나 말릴 수 없었던 것은 그녀가 처음부터 이렇게 못을 박은 탓이었다.

–지금부터 내가 하는 행동은 정상처럼 보이지 않고 남들의 야유와 경멸을 받을 것이다. 하지만 내가 하는 행동의 의미를 나는 잘 알고 있다. 너는 나를 믿고 따를 수 있겠지? 못 하겠다면 지금 말하고 내 곁을 떠나면 된다.

얼핏 보면 선택할 권리를 주는 것 같지만 코르에게는 강요나 마찬가지였다.

–지금까지 함께한 제가 어떻게 떠나겠습니까? 무슨 일이 있어도 끝까지 함께하겠습니다.

그때까지만 해도 이런 일이 벌어지리라고는 예상할 수 없었다. 코르는 자기가 한 말을 지켜야 했고 아네시에게 떨어지는 부정적인 반응 중 일부는 그에게도 튀었다. 간혹 두 사람에게 욕을 하거나 물건을 던지는 사람도 있었는데 코르는 아네시가 그러는 것처럼 묵묵히 참아 내었다.

그래도 더 큰 해를 당하지 않았던 것은 마법사 왕국의 사람들이 위대한 조언자에게 품고 있는 두려움 덕분이었다. 그들은 아직 기억하고 있었다. 왕 앞에서 펼쳐진 대결에서 제국에서 온 이 미친 사람은 예언자들을 완전히 박살 내었다. 마법사들은 예언을 두려워했고 그녀의 입에서 혹 저주의 말이라도 나올까 봐 적극적으로 나서는 일은 없었다.

구경꾼 중 일부는 겉으로 드러내지 않았지만 위대한 조언자의 말이 실제로 이루어질 거라고 생각했다. 그래서 그들은 밤마다 창가에 다가서 왕궁이 어둠을 덮고 잠들었는지 확인했다. 한밤중에 깨는 사람도 여럿 있었다. 혹시 깊이 잠들었을 때 그 일이 일어날까 걱정하는 사람들이었다.

마침내 왕궁에서 불빛이 번쩍이고 밤이 낮처럼 밝아졌다가 어두워지자 아네시는 코르를 깨웠다.

–가야 할 시간이다.

마차는 준비되어 있었다. 코르는 인적이 끊긴 대로를 달려 왕궁에 도착했는데 걱정했던 것과 다르게 경비를 서는 사람이 없었다. 다이아몬드 카분의 계획에 따른 것이었다. 덕분에 아네시도 왕궁의 창문 아래까지 아무 방해 없이 도달할 수 있었다.

–이제 기다리자.

–뭘 말입니까?

아네시는 침묵을 지켰다. 안에서 소란스러운 소리가 새어 나오더니 루비 카르멘이 얼굴을 내밀었다. 아네시는 웃음을 감출 수 없었다.

–그래서 이 모든 일이 꿈에서 본 그대로 반복되고 있다는 말씀인가요?

아직 정신을 차리지 못한 루비가 체력을 다 소모한 사람답게 기운 없는 목소리로 물었다.

–그렇습니다. 꿈이, 아니, 신이 모든 것을 보여 주셨습니다.

–우리 루비의 거주 구역으로 오셔서 그런 이야기를 했는데 제 귀에 들어오지 않았다니 이상한 일이군요.

사실은 아랫사람이 보고한 적이 있었으나 카르멘이 대수롭지 않게 넘기고 잊은 것이었다. 카르멘은 평소 예언자들은 언제나 미칠 수 있다고 생각하던 탓에 위대한 조언자에게도 같은 불행이 닥쳤다고 생각해 버렸다. 그녀는 은연중에 아녜시를 자기가 경멸하는 예언자들과 동일한 부류에 넣고 있었다. 물론 이 밤이 세력을 잃으면 그런 편견도 함께 사라질 예정이었다.

–그러나 정말 누가 올까요?

카르멘은 몸과 마음이 지친 탓에 비관적이었다. 가짜 하늘을 뚫고 탈출했더니 라토는 죽고 가죽만 남았다. 아리셀리스는 정신을 잃기 전에 겨우 입을 열었는데 그에게서 라토가 겹쳐져 보였다. 역사적인 비극 앞에서는 루비의 수장도 마음을 다잡기가 쉽지 않았다.

–모두가 따르지는 않을 겁니다. 그러나 따르는 사람의 수는 꽤 많았습니다.

아네시가 자기가 꾼 꿈을 회상하며 말할 때 그녀는 다시 눈을 허공으로 돌렸다. 뒤에서 보는 루비에게도 그 모습은 정상적으로 보이지 않아서 아직도 모든 것이 아네시의 망상이 아닌가 의심할 수밖에 없었다.

그러나 마차가 대로를 뚫고 예언자들의 거주 구역을 도는 좁은 길로 들어선 다음 속도를 올려 마침내 공터로 나아갔을 때 아네시와 루비의 눈앞에 펼쳐진 광경을 표현하는 데는 이 한마디로 충분했다.

보라.

붉은 망토와 녹색 망토와 파란 망토를 걸친 사람들이 각자 무리를 짓고 그들을 초조하게 기다리고 있었다. 아네시의 마차를 확인하자마자 열렬한 환호가 터져 나왔다. 루비가 아리셀리스를 안고 내리자 사람들의 함성은 귀를 찢을 듯이 커졌다. 루비 카르멘은 죄를 지은 심정으로 아네시를 보았으나 아네시는 이날만은 누구도 용서할 수 있는 사람처럼 보였다.

–갑시다. 우리는 저 산을 넘어 이 왕국을 탈출할 겁니다.

아네시는 안개를 뚫을 수 없어 절망하며 흘렸던 많은 눈물을 후회하며 손을 내밀었다. 루비 카르멘은 기꺼이 그녀의 손을 잡았다.

마법사 왕국에서 왕을 뽑는 것은

절차가 복잡하고 상당한 시일이 필요한 일이다.

왕이 갑자기 사망했을 경우 다음 왕을 선발하기까지

가문의 수장 중에서 가장 명망이 높은 사람이

임시 지도자를 맡는 동시에

다음 왕을 선발하는 대결의 심판장이 된다.

라토와 아리셀리스의 아버지가 세상을 떠나자

사파이어의 수장 가스파르가 임시 지도자가 되었다.

그리고 라토가 세상을 떠난 것으로 알려진 바로 다음 날,

부상으로 침대에서 일어나지도 못하는

다이아몬드 카분이 임시 지도자가 되었다.

물론 그녀는 임시라는 말에 만족할 생각이 없었다.

VII

에이어리가 자유 동맹의 역사에 흐르는 내막을 밝혀내지만 꾸중을 듣는다

–하무라 님, 어서 나를 그것에게 안내해 주십시오. 나는 농담하고 있는 것이 아닙니다. 당신들의 진짜 지배자를 만나야겠습니다.

시민 대표 중 하나인 하무라는 에이어리가 미쳤다고 생각하면서도 화를 냈다.

–자유 동맹에는 지배자 같은 것이 없습니다. 모든 결정은 투표로 선출된 시민 대표가 내립니다. 어느 것도 한 사람의 의지로 정해지지 않습니다.

–하, 그렇단 말이지요? 그러면 내가 이 땅에 들어오면서 느꼈던 이상한 기운의 정체는 대체 무엇입니까?

–무슨 말씀을 하시는지 전혀 이해할 수 없습니다.

둘의 언성이 높아지면서 자유 동맹의 시민들이 하나둘 모여들어 웅성거리기 시작했다. 하무라는 그 상황이 마음에 들지 않아서 에이어리에게 속삭였다.

-일단 이 자리를 피해서 제 집으로 가십시다. 거기서 쉬시면 다시 정신이 회복될 겁니다. 한낮의 태양은 가끔 우리의 이성마저 증발시키는 법입니다.

-나는 미치지 않았습니다. 이 자리에서 크게 외칠 수도 있어요. 당신들을 지배하는 진짜 존재에 대해서 말입니다.

에이어리가 그렇게 소란을 피우자 사람들의 눈에는 점점 의심이 들어찼다.

-저 젊은이가 대장장이 왕이라는 말이지?

-대장장이 왕이라는 건 무슨 뜻이지?

-대장장이 왕은 이야기 속에서만 나오는 줄 알았는데.

-그런데 우리를 지배하는 존재라는 건 또 뭐야?

-하무라 님은 저 말이 무슨 뜻인지 알고 있는 걸까?

하무라는 시민들의 동요에 마음이 쓰여 에이어리를 조용한 곳으로 데리고 가서 이야기하려고 했지만 에이어리는 막무가내로 뻗댔다. 그가 대장장이 왕이라는 것을 안 이상 사람들을 시켜 강제로 끌고 갈 수도 없었다. 하무라는 시민들과 다르게 고급 정보, 예전의 대장장이 왕이 제국 군대를 학살한 사실을 알고 있었다.

-곤란합니다, 대장장이 왕. 어째서 이 나라에 문제를 일으키십니까? 이 나라는 300년 동안 아무런 혼란 없이 풍요롭고

안전하게 살아왔습니다.

－하무라 님, 당신이 말하는 겁니까? 아니면, 아니야, 아니야. 아직 본인이 말하는 거야. 사람의 몸을 빌려서 말할 생각은 없는 모양이지.

하무라는 대장장이 왕이 미쳤다고 생각했다. 근처에 다른 시민 대표가 있으면 그와 상의라도 해 볼 텐데 그들은 각자의 지역에 있었다. 한 달에 한 번 열리는 정기 회의나 긴급 소집이 아니고서야 시민 대표가 만나는 일은 거의 없었다.

－하무라 님, 당신의 말이 암시하고 있는 바를 깨닫지 못하겠습니까? 이 나라가, 자유 동맹이 무려 300년 동안이나 아무런 혼란이 없었다는 사실 말입니다. 인간이란 따지고 보면 장점이 전혀 없는 것은 아니지만 그런 나라를 만들어 낼 능력이 없습니다. 당신들은 지배당하고 있는 겁니다.

－대체 누구에게 말입니까?

하무라는 그 대답을 듣고 싶었다. 대장장이 왕의 미친 말을 계속 받아들이다 보니 광기 속에 질서와 날카로운 번뜩임이 있는 것 같기도 했다. 정말로 그가 알고 있는 것이 있다면 시민 대표인 자신도 마땅히 들어야 한다고 생각했다.

－이 나라를 진짜로 다스리고 있는.

그때 대장장이 왕의 경계를 뚫고 들어온 사람은 열두 살 정도 되어 보이는 여자아이였다. 아이는 에이어리의 팔을 덥석 잡으면서도 겁이 없었고 표정이 어린아이답지 않게 냉정하고 침착했다.

에이어리는 아이를 보고 그 눈을 보고 입가의 미소를 보고 깨달았다.

–결국 이렇게 소란을 피워야 만나 주는 겁니까?

–일단 잠자코 따라오시게. 나도 화를 내고 싶진 않으니까.

–누가 당신과 싸우려고 하겠습니까? 그렇게 하지요.

둘은 태연하게 대화를 나누었지만 하무라를 비롯한 자유 동맹의 시민들은 갑자기 귀가 멀고 행동이 둔해진 것처럼 굼뜨게 움직였다.

–앞장서시죠.

여자아이가 고개를 끄덕이고 먼저 걸었는데 다리의 움직임이 느려도 걷는 속도는 어른보다 두 배 이상 빨랐다. 마치 땅의 거죽이 그녀를 앞으로 밀어내고 있는 것 같았다. 대장장이 왕은 자기의 발밑도 그렇게 바뀐 것을 모르고 속도를 높이려다 휘청거렸다.

–대장장이 왕이 따라오는 것조차 제대로 못 해서야.

그 비웃는 말투를 여자아이의 목소리로 듣는 것은 색다른 경험이었다. 마치 할아버지의 할아버지 목소리를 흉내 내는 아이 같았다.

두 사람이 재빠르게 움직여 길을 벗어나자 언제 그런 일이 있었는가 싶게 모든 것이 정상으로 돌아왔다.

– 대장장이 왕.

하무라는 그렇게 말하고 눈썹을 한 번 크게 꿈틀거렸다. 조금 전까지 누군가와 대화한 것이 모두 덧없는 꿈처럼 느껴졌다. 그는 고개를 들어 사방을 둘러싼 구경꾼들이 혼란스러워하는 것을 보았다.

익숙한 감각이었다. 어린 시절에 한 번, 청년 시절에 또 한 번 그런 감각을 느낀 것 같았지만 어떤 일이었는지 기억이 나지 않았다. 사람의 기억이란 본래 그런 법이라고 어려서부터 배웠으니 이상한 일이 아니었다. 그러나 갑자기 머릿속에 대장장이 왕이란 낯선 말이 떠오른 것은 어떤 까닭이었을까?

한편 여자아이와 대장장이 왕은 주택가의 별 볼 일 없는 작은 집으로 들어갔는데 예상했던 일이지만 안은 텅 비어 있었다. 사람만 없는 것이 아니라 가구라든가 사람이 사는 데 쓰는 도구 자체가 없었다.

여자아이가 손을 튕기자 의자 두 개가 쑥 나타나더니 바닥에 놓였다. 착지가 완벽하지 않아서 다리가 가볍게 진동하는 것을 보아야 그 의자가 방금 생겨났다는 것을 믿을 수 있었다.

먼저 앉은 아이가 여전히 할아버지 같은 말투로 에이어리에게 앉으라고 권한 다음 책망했다.

–대체 왜 내 나라로 들어와서 모든 것을 엉망으로 만드는 건가?

–진짜 모습은 보이지 않으실 생각이십니까, 이름을 모르는 분이시여?

–어차피 우리가 어떻게 생겼는지 알고 있잖아? 이미 크릉홍다르흐를 만났다는 사실을 알고 있어. 그 몸에 흐르는 기운, 인간이 알 필요가 없는 힘. 하지만 그걸 준 게 크릉홍다르흐의 잘못이라고 볼 수는 없지.

에이어리는 상대가 대장장이 왕의 새로운 문자를 말한다는 것을 깨달았다.

–그래도 각자 외모의 개성이 있을 것 아닙니까?

–그걸 확인해서 뭘 어쩌겠다는 거지? 인간으로 따지자면 나는 열두 살 정도 되는 여자야. 이것도 어느 정도는 진실을 담은 모습이야.

아이는 턱을 괴고 생각에 잠긴 다음 조금 더 말해 주어도 좋겠다고 생각했는지 다시 에이어리를 보았다.

–우리의 이웃은 인간과 싸우다가 전멸했어. 그 정도는 알고 있겠지? 우리 중 남은 건 겨우 셋이야. 하나는 저 멀리 산에

들어가 있는데 몸이 전체적으로 검은빛을 띠고 있지. 인간으로 치면 중년 남자야.

여자아이가 과거를 회상하는 아련한 눈으로 허공을 보는 것이 부자연스럽게 보여 웃음을 유발했지만 에이어리는 상대를 화나게 할 마음이 없어서 잠자코 있었다. 옆에 데스커드가 있었다면 참지 못했을 거라는 생각이 들어 혼자인 상황이 차라리 다행으로 여겨졌다.

–크릉홍다르흐는 그대가 본 것처럼 푸른빛을 띠고 있지. 크릉홍다르흐라는 이름은 사실 우리의 이름이 아니지만, 본래 이름조차 버리고 그 이름을 쓰겠다고 했어. 우리처럼 운명을 조종할 수 없는 존재들이라도 이름 정도는 선택할 권리가 있다는 거야.

그 말의 의미를 자세히 물을까 하다가 에이어리는 계속 듣는 쪽을 택했다.

–그리고 내 피부는 붉은색이야. 굳이 인간의 색 구별로 표현하자면 분홍색에 가깝지.

–분홍색은 순수함과 성스러움을 상징하는 색 아닙니까?

제국에서는 갓 태어난 아기를 분홍색 보자기로 싸 주었는데 그것은 아직 세상에 오염되지 않은 순수한 생명을 역시 순수한 물건으로 보호한다는 뜻이 담겨 있었다.

–인간들이 그렇게 생각하기 때문에 색을 밝히고 싶지 않은 거야. 나한테 순수라는 것이 어울리나?

이야기를 하다 보면 갑자기 침묵이 찾아오는 때가 있다. 용과 인간의 대화에서도 예외는 없었다. 둘은 서로를 반쯤 우호적이면서도 결코 친구가 아니라 적을 보는 것처럼 쳐다보았다. 용의 눈빛이 더 날카로웠다.

에이어리는 지난번 크릉홍다르흐를 만났을 때처럼 용을 만났다고 실감할 수 없었다. 용과 대화할 때 피부가 진동하고 눈물이 차오르고 두피가 간지러우면서 서늘한 그 기괴한 감각을 이번에는 경험할 수 없는 탓이었다. 그의 앞에는 나이에 비해 어른스럽게 보이는 여자아이만 있었다.

–그래서, 여기, 자유 동맹에서, 대체 무엇을 하고 계신 겁니까? 300년 동안요.

–그게 왜 중요한가?

에이어리는 용의 목소리로 그 말을 들었다면 두려움으로 떨지 않을 수 없었을 거라고 생각했다.

–제가 여기에 온 이상 알고 싶습니다. 처음 자유 동맹을 둘러싼 장막을 통과할 때까지는 이상하다고 생각했지만 자세히 몰랐어요. 그게 용의 마법이라고 깨닫게 된 건.

–전에도 비슷한 걸 통과한 적이 있어서겠지. 정 원한다면

알려 주지.

에이어리는 여자아이가 실제로 존재하고 그녀의 정신을 조종하는 방식으로 용이 말하는 것은 아닐까 의심했다. 아이에게서는 용의 기운이 전혀 나오지 않았다. 그러나 용은 에이어리의 착각을 비웃기라도 하듯이 입을 벌려 하, 하고 작은 음성 하나를 내뱉었다.

마치 소리가 주변의 공기에서 힘을 흡수하는 것처럼 강해져 에이어리의 귀에 닿았을 적에는 천둥처럼 변했다. 에이어리는 의자 뒤로 나뒹굴었다. 그 모습을 본 여자아이는 깔깔대며 웃었다.

–기대하지 않았던 모양이네?

–한 방에, 한 방에 전부 알려 주실 줄은 몰랐죠.

에이어리는 넘어진 의자를 짚고 몸을 일으켰다. 용이 말한 모든 것은 에이어리의 머리에 이미 단단히 박혀 당분간은 지워지지 않을 기억이 되어 있었다. 대장장이 왕의 문자는 본래 용의 언어를 바탕으로 만든 것이었다. 그러니까 한마디로도 300년의 역사를 요약해서 전하는 것이 가능했다.

–황제는, 첫 황제는 알고 있었군요. 당신이 용이라는 것을.

–그래서 도움을 구하러 온 거야. 인간의 힘으로는 혁명을 이룰 수 없다고 했어. 성숙한 용이라면 부탁을 듣지 않겠지만

나는 나이가 어렸지.

–어째서 힘을 빌려주셨습니까?

–대가를 약속했거든.

용이 원한 대가는 작은 사회, 인간들의 무리, 용이 작은 실험을 할 수 있는 무대였다. 용은 거기에 자유 동맹이라는 이름을 붙였다. 그들을 300년 동안 기르지 않고, 다스리지 않고, 착취하지 않고, 군림하지도 않고, 모습을 드러내지도 않고, 다만 그들이 스스로 모든 것을 결정할 수 있게 해 주었고, 그 와중에 튀어나오는 독소들을 제거하며, 그들 자신의 힘으로 올바른 결정을 내리며 살고 있다는 확신을 주고, 평화를 해치는 외부의 자극으로부터 차단해 주었다.

–그렇다면 저는 왜 막지 않으셨죠?

그렇게 묻는 에이어리의 눈에서는 일단 원인을 파악하기 어려운 눈물이 흐르고 있었다. 이 용의 방식은 기괴했으나 그는 진심으로 자유 동맹 안의 인간들을 사랑했고 그들이 행복하게 살 수 있도록 도왔다. 거기에는 어떤 사심도 없었다.

–그대를 막으려면 내 진짜 모습을 드러내야 해. 지난 300년 동안 하지 않은 일이야.

에이어리는 300년이라는 말을 듣고 그때가 남은 용 셋이 한꺼번에 은둔하기로 한 시점임을 알아차렸다. 하나는 스타인 북부, 사람이 살지 않는 깊은 산으로 들어갔다. 다른 하나는 제국 한가운데에 자기만의 안식처를 마련해 인간의 접근을 막았다. 그리고 마지막으로 이 존재는 인간들의 사회를 도우면서 그 일원으로 모습을 바꾸어 살고 있었다.

용은, 여자아이는 인간의 마음을 읽은 것처럼 물었다.

–어때, 내 선택이 가장 아름답지 않나? 다른 둘은 시간을 헛되이 보냈어. 나는 바쁘고 즐거운 시절이었지.

–하지만 제 머릿속으로 밀고 들어온 이 바다 같은 이야기에도 중요한 설명 하나가 빠져 있군요. 어째서 남은 용들이 그때부터 하나같이 모습을 숨겼는가 하는 점 말입니다. 무슨 합의를 하신 겁니까?

–그건 제일 쉬운 일이니까 설명할 필요도 없지.

여자아이가 대장장이 왕을 가리켰다. 그 작은 손가락이 이 순간만큼은 준엄하게 느껴졌다.

–대장장이 왕이 세상에 나가면 용은 숨어야 해.

–어째서요? 디하우트 님은 크룽훙다르호와 친구로 지냈는데요?

–그걸 인간들은 우정으로 포장하지만 거기에는 다른 의미가 있어. 어차피 나중에 가서 알게 될 거야. 그러니까 당장 급한 얘기로 돌아가 보자고. 어째서 자유 동맹에 왔지?

에이어리는 그 순간에도 장난기가 발동해서 바닥에 앉아 대장장이 왕의 문자를 그리기 시작했다. 용이라면 이해할 수 있을 거라고 믿었다. 여자아이는 에이어리의 손가락 움직임을 따라가며 실시간으로 그 의미를 해석해 냈다.

–하, 이 멍청한 놈아.

–네?

아이가, 용이 의자에서 일어나 아직 문자를 완성하지 못한 에이어리를 발로 뻥 차는 바람에 에이어리는 다시 바닥을 굴렀다. 그 작은 몸에서 나온 힘이라고 생각할 수 없었다.

–대장장이 왕이 어째서 황제도 아니고 황제 졸개의 심부름꾼이 된 거냐?

–저는 그저 전쟁을 막으러.

–전쟁을 막기 위해 대장장이 왕이란 자가 한다는 짓이 고작 이거란 말이냐? 분명 황제의 졸개, 아크마트는 대단한 능변가이겠지?

–그건, 그렇죠.

–그래도 넌 엄연히 왕인데 그런 자에게 속아서 여기까지 왔다는 거야? 그자는 분명 이 땅에 쉽게 접근할 수 없다는 사실도 알았을 거다. 그러니까 너를 꼬드겨서 보낸 거지.

에이어리는 자기의 모험이 언제나 직접 선택한 것이라고

생각해 왔는데 용의 말을 듣고 보니 자기가 얼마나 멍청했는지 깨달을 수 있었고 용에게 얼굴을 보일 수 없을 만큼 부끄러워졌다.

－너는 대장장이 왕으로서 자각이 없구나. 네 선대 왕은 그렇게 멍청하지는 않았어. 마지막에 전쟁에서 사람을 좀 죽이기는 했지만 그건 내가 충분히 이해할 수 있는 일이니까.

에이어리는 여전히 고개를 들지 못한 채 바닥에 엎드려 용의 꾸중을 들었다. 아이의 목소리는 점점 사람의 것과 멀어져 집의 바닥과 벽을 덜덜 떨게 했다. 조금 전까지 용을 쳐다보지 않은 것이 에이어리의 선택이었다면 이제는 보고 싶어도 그 압력을 이겨 내고 고개를 들기 어려웠다.

－네가 받은 힘으로 무한하게 많은 일을 할 수 있을 것이다. 전쟁을 막는 것도 사람의 목숨을 구하는 것도 신의 힘을 받은 자가 마땅히 감당할 일이다. 그런데 너는 대장장이 왕을 웃음거리로 만들었다.

－제가, 제가 실수를 했습니다.

에이어리는 폭풍이 진정되기까지 영원처럼 느껴지는 시간 동안 거듭 사과했다. 마침내 모든 것이 잔잔해졌을 때 여자아이는 빙그레 웃으며 그를 내려다보고 있었다. 에이어리의 자존심도 다시 고개를 들었고 용에게 반박하고 싶어졌다. 용이 무슨 권리로 대장장이 왕을 꾸중한다는 말인가?

–저는.

–듣고 싶지 않다. 넌 이만 네가 가야 할 곳으로 돌아가라.

여자아이가 손짓하자 지붕에 구멍이 뻥 뚫리고 파란 하늘이 드러났다.

–당신의 선택은.

–에이어리, 에이어리. 나를 책망하고 싶은 모양인데 그건 다음에 기회를 줄 테니 오늘은 여기에서 끝내자.

에이어리의 몸은 그대로 하늘로 솟구쳤다. 무시무시한 속도에 목이 꺾이는 것 같았지만 다행히 그런 일이 일어나지는 않았다. 그는 보이지 않는 막에 사방으로 부딪치며 자유 동맹에서 멀리 떨어진 땅, 스타인 공국의 작은 집 이층 지붕 위로 떨어졌다.

지붕은 박살이 났어도 기적적으로 아래에 있던 사람들은 다치지 않았다. 바닥에 널브러진 대장장이 왕을 보고 벌린 입을 다물지 못하는 사람은 투란과 데스커드와 다사였다. 그중 데스커드는 침대에 누워 있었다.

자유 동맹이 세워지고 백 년이 지났을 무렵

왕정을 원하는 이들이 반역을 획책했다.

그러나 약속한 날짜에 나타난 사람이 아무도 없었다.

그들은 하나같이 이유를 알 수 없는 기억 상실을 주장했다.

익명의 밀고자 덕분에 감옥에 갇힌 다음에도

그날의 기억을 되살리지 못했다.

판사는 반란자들이 마땅히 죽어야 한다고 생각했지만

막상 재판에서는 이유를 알 수 없이 마음이 동요되어

그들을 감옥에 가두는 것으로 끝냈다.

자유 동맹 사람들은 판사의 마음속에

아무도 모르는 관대함이 있었다고 평했다.

VIII

나, 이름을 밝힐 수 없었던 관찰자가
루 도인의 창조에 얽힌 이야기를 들려준다

나는 당시 세상에서 유일하게 대장장이 신의 목소리를 들은 사람이었다. 그분은 내게 어떤 능력을 원하는지 물으셨다.

나는 세상의 모든 사람을 굴복시키는 힘을 구할 수도 있었고 영원히 마르지 않는 재물을 구할 수도 있었다. 그러나 그때 나는 겸손했다. 더 정확하게 말하면 스스로 겸손하다고 믿는 지극히 악한 오만에 빠져 있었다.

그래서 나는 내가 할 줄 아는 유일한 일, 대장장이로서 물건을 만들어 내는 일을 더 잘하고 싶다고 대답했다. 그 말이 전부 거짓이었던 것은 아니다. 나는 정말로 훌륭한 대장장이가 되고 싶었다.

신은 내가 능력을 얻는 것으로 끝나지 않고 대장장이 왕이라고 불리게 되는 미래를 알려 주셨다. 나는 힘을 얻자마자 사방을 돌아다니며 대장장이 왕의 이름을 퍼뜨렸다. 처음에는 의심하던 사람들도 내 손에서 벌어지는 믿을 수 없는 일을 보고 나서는 내 앞에 엎드렸다. 나는 엎드린 사람들의 정수리를 보면서 흐뭇하게 속으로 웃었는데, 지금 생각해 보면 정수리의 소용돌이 모양이 나를 파멸로 끌어가는 조짐처럼 느껴져 마음 한구석에서 슬슬 불안이 피어올랐던 것 같다.

신전을 지어 놓고 일곱 사제가 그곳을 지키게 만든 다음 나는 각지를 떠돌아다녔다. 대장장이 왕이 만들 수 있는 궁극적인 창조물, 새로운 인간을 만들기 위해서였다. 그 과정에 몇 년이 걸렸다. 그러나 모든 어려운 과업이 그러하듯이 시간만 헛되게 흐를 뿐 진전은 조금도 없었다.

대장장이 왕의 힘으로 인간의 형체를 만드는 것은 어렵지 않았으나 그 몸을 움직이게 하는 생명의 기운, 사람들이 영혼이라고 부르는 것을 도저히 만들 수가 없었다. 나는 움직이지 않는 인형을 만들려고 한 것이 아니었다. 스스로 움직이고 내 명령을 따르는 지적인 생물, 인간이라고 부를 수 있다면 인간이라고 부를 물건을 만들고 싶었다.

그 길은 요원했으나 사방을 떠돌면서 세상의 공기와 물과 나무와 바위에 깃든 지혜가 조금은 내게 흘러들었는지 마침내 합당한 방향으로 나아갈 수 있는 실마리를 잡게 되었다.

나는 동쪽으로 가서 안개 낀 늪지를 통과한 다음 그를 만나야 했다. 모든 마법사를 다스리는 왕, 나와 함께 황제를 도와 나라를 세운 동지.

세타세. 그의 이름은 세타세였다. 이제야 분명히 기억이 난다. 그는 나만큼이나 음울하고 사람이 접근하기 쉽지 않은 사람이었다.

황제와 함께 종군하던 시절에도 그는 내 곁에 오기를 꺼렸다. 나는 그에게 이유를 항시 물었다. 다만 사람의 말로 직접 묻지 않았다. 눈으로 손짓으로 발걸음으로 물었다.

-나를 그만 괴롭히시오.

세타세가 어느 날 내 곁에 처음으로 다가와서 깊은 한숨을 내쉬었다.

-무슨 말씀입니까?

-나에게 그만 말을 거시오. 귀가 따가워서 도무지 견딜 수가 없으니.

-나는 아무 말도.

-내가 그대의 곁에 가지 않는 이유는 내가 다루는 힘과 그대가 다루는 힘이 서로 부딪치기 때문이오. 그것도 아주 격렬하게. 그대는 느끼지 못하는 모양이지만 나는 살이 아프고 뼈가 시려서 견딜 수가 없소.

-그건 사실이 아니오.

-확인해 봅시다.

돌멩이, 전장에서 흔하게 구할 수 있는 것은 돌멩이와 흙 정도였다. 나무? 나무는 쓸모가 많은 재료라 양쪽 군대가 싹 긁어 가서 숲 한두 개가 사라지는 것은 일도 아니었다.

세타세는 돌멩이에 마법의 힘을 담으면서 나에게 준 돌멩이에 신의 힘을 담아 보라고 했다.

–나는 그런 마법 같은 일은 할 줄 모르오.

–신의 힘을 사용해서 그걸로 뭔가 만들면 자연스럽게 그 힘이 깃든 물건이 될 것이오.

그래서 나는 돌멩이를 들어 굳건한 얼굴을 새겼으니 단순한 형태에 생략이 많았지만 세타세의 얼굴이었다. 세타세는 내가 준 돌멩이를 확인하고 픽 웃었다.

–치졸한 장난이군.

그러나 말투로 짐작해 보건대 선물이 꽤 만족스러운 모양이었다.

세타세가 두 돌멩이를 양쪽에 놓고 작은 바람을 일으켰다. 두 돌멩이는 서로를 향해 안기듯이 충돌한 다음 커다란 폭발음을 내며 사방으로 튀었다. 나는 예상하지 못한 강도에 놀라 몸을 가렸다. 다행히 세타세가 펼친 보이지 않는 방어막이 파편들을 막아 주었다.

–잠 좀 자게 조용히 좀 하시오.

어두운 쪽 바위에 기대어 쉬던 놋이 핀잔을 주었다. 나중에 루 도인 땅 오른쪽에 자리 잡게 될 나라는 그의 이름을 따서 놋이라고 불리겠지만, 그때는 승리를 확신하지 못하고 싸움에 뛰어드는 무모한 전사에 불과했다.

–미안하오.

세타세가 놋에게 사과한 다음 나를 보며 속삭였다. 마치 음모를 꾸미는 사람처럼 은밀한 말투였다.

–이제 알겠지? 우리의 힘은 충돌하오. 그래서 같이 있어서는 안 되지.

–어째서 충돌하는 걸까요?

–그대의 힘은 신에게서 오고 내 힘은 자연에서 오지. 아마도 자연이 신에게 반항하는 모양이오. 신을 믿는 자들은 우리의 힘을 악마에게서 받은 것으로 취급하지. 그것도 완전히 틀린 생각이 아닐 수도 있소.

이후로 전쟁이 끝날 때까지 나는 세타세의 부탁을 들어주었다. 그의 곁에 다가가지 않았다. 그전에는 몰랐는데 세타세의 말을 들은 다음부터는 나도 그에게 가까이 가면 살이 떨리고 뼈가 쑤시는 듯한 몸살을 느꼈다.

내가 세타세를 다시 찾아간 것은 전쟁이 끝나고 나서 오랜 시간이 지난 다음이었다. 인간을 만들기 위해서는 그의 힘을 빌려야 한다는 것을 깨달은 결과였다. 그때의 쿠오피오는 지금보다 더 끔찍한 모습이었다. 지금이야 아고나스들이 사람 키를 훌쩍 넘게 자라서 그 땅의 끔찍함을 가려 주지만 예전에는 땅이 아가리를 벌리고 부글부글 끓으며 살아 있는 것들을 삼키려는 의지를 숨기지 않았다.

안개, 안개는 지금이나 그때나 다를 것이 없었다. 쿠오피오의 안개는 시간을 초월해서 꿈틀거렸다. 살아 있는 것처럼 공중을 부유하며 사람들을 건드렸다가 도망치기를 반복했다. 안개 밭을 지나느라 내 몸은 흠뻑 젖었는데 땀인지 안개인지 나조차 분간할 수 없었다.

당시에는 쿠오피오에서 마법사 왕국으로 연결되는 좁은 길에 지금처럼 높은 방벽을 세우기 전이었다. 그러나 지키는 사람들은 있었다. 옷의 색깔을 보고 가문을 구별할 수는 없었다. 그들은 모두 흰옷을 입었다.

–마법사들의 땅에 어떤 일로 오셨습니까? 우리는 특별한 이유가 없으면 외부인을 받아들이지 않습니다.

나를 막은 이는 붉게 염색한 케이프를 착용하고 있었는데 나는 그래서 그가 루비가 아닐까 짐작했다.

–나는 왕의 손님으로 왔소. 왕은 나를 만나기를 거부하지 않을 거요.

처음 나를 막았던 자의 옆에 서 있던 다른 이가 기가 찬다는 듯이 끼어들었다.

–당신이 대체 무엇인데 왕의 손님이 된다는 말이오?

내 복장은 평민의 것과 다르지 않았고 늪과 안개를 통과하느라 물귀신처럼 젖었으니 그런 대접을 받게 자초한 부분이 있었다. 그러나 그때의 나는 왕으로서의 위신을 지키기 위해 노력하는 중이었다. 바꾸어 말하면 나를 함부로 대하는 자들을 용서하지 않았다.

–나는 대장장이 왕이다. 너희 왕의 친구이기도 하다.

마법사들이라고 해서 특별히 빼어난 눈치를 지닌 것은 아닌지 이해하는 데 시간이 걸렸다. 나는 그들이 멍한 틈을 타서 바닥의 흙을 한 줌 집어 들었다. 내 손에서 순식간에 가느다란 회초리가 생겨났다. 망설이지 않고 나에게 무례하게 군 자의 얼굴에 휘둘렀더니 그의 얼굴에 붉은 줄이 생겼다.

–어서 너희 왕에게 안내해라. 얼굴에 줄이 몇 개 더 생기기 전에. 널 살려 주는 것은 친구를 생각해서다.

그다음부터는 나에게 무례하게 구는 자가 없었다. 나는 전령의 안내를 받아 곧바로 세타세를 만날 수 있었다. 그 당시 마법사 왕국은 지금과 다르게 제대로 된 건물도 없는 초라한 곳이어서 세타세가 머무는 곳도 다른 집보다 규모가 조금 컸을 뿐 왕에게는 어울리지 않았다.

세타세는 나를 딱히 반기지 않는 기색이었는데 당연한 일이었다. 그가 동쪽 에젠 땅에 포위된 작은 분지를 거처로 삼은 것은 대장장이 신의 신전을 피하기 위해서라는 추측이 돌았다. 나는 소문이 우연히도 진실의 일부를 겨냥했음을 알았다. 마법사들을 다스리는 왕은 신의 힘을 대신 펼치는 사람과 어울릴 마음이 없었다.

–그대를 만나니 다시 내 뼈가 쑤시는구려.

세타세는 한시도 젊어 보였던 적이 없었다. 황제의 신하들끼리 농담 삼아 그는 흰머리와 수염을 달고 태어났을 거라며 낄낄거리기도 했었다. 그래도 불과 몇 년 사이에 그의 외모는 극적으로 변화해서 마치 옛이야기에 나오는 수백 년 동안 죽지 않은 마법사 같았다.

다른 건 몰라도 사람의 눈썹이 그렇게 풍성하게 자랄 수 있다는 것은 처음 알았다. 털이 흰 작은 동물을 두 마리 사냥해서 양쪽 눈 위에 하나씩 붙여 놓았다고 해도 의심할 사람이 없었다.

–뼈가 쑤시는 것은 나이 때문일 수도 있소.

–어제까지는 괜찮았는데?

그렇게 묻는 세타세의 태도가 나를 배척하는 것은 아닌 듯

해서 나도 안심하고 대꾸했다.

–노인에게는 어제와 오늘이 또 다른 법이지.

–나는 노인이 아니오. 그대와 나이가 비슷하지.

–저런, 난 그대의 아들의 아들의 아들의 아들도 만나볼 생각으로 왔는데?

세타세와 내가 나눈 농담을 몇 가지 더 말할 수도 있다. 나는 어째서인지 그 농담들을 전부 기억하고 있다. 신이 내 기억을 무한대로 만들어 주신 것은 아니다. 나는 남들이 경험하지 못한 오랜 세월 동안 많은 것을 본 대신 또 많은 것을 잊었다.

사람이라면 책에 기록할 수 있을 것이다. 나는 책을 쓸 수도 가질 수도 없다. 모든 것은 내 머리에 저장되어 있다가 다른 기억에 밀려나면 흐릿해지고 마침내 형체를 알 수 없게 되어 다른 기억에 들러붙는다. 그래서 내가 경험한 일과 상상을 완전히 구분할 수 없다고 솔직히 고백한 것이다.

세타세는 내가 찾아온 용건을 물었다. 나는 그가 나를 어떻게 생각할까 싶어 망설이다가 모든 일을 헛되게 만들 수 없어서 내 목적을 밝혔다.

세타세는 한참이나 웃어서 나를 민망하게 만든 다음 대답했다.

–그대는 정말 대단한 일을 저질렀군. 하지만 마음에 드오.

왜냐하면 어떤 훌륭한 마법사도 그런 일은 할 수 없기 때문이지. 마법으로 생명체를 만들려고 하는 사람들은 많았으나 분명 어떤 질료가 부족한 탓인지 생명에 이르지 못했거든.

내 걱정은 쓸데없는 것이었다. 세타세는 마법사이니 신에게 노여움을 살까 두려워하지 않았다. 그리고 마법사들은 원래부터 하지 말아야 할 실험을 세상에서 가장 많이 하는 족속들이다. 세타세가 이렇게 흥미를 보일 줄 알았다면 진작 찾아와서 세월을 낭비하지 말았아야 했다.

–대장장이 왕이 할 수 없고 마법사 왕도 할 수 없는 일이오. 그러나 둘이 힘을 합친 적이 없으니 무엇이 나올지 알 수 없지.

세타세는 희망찬 이야기로 시작해서 기분을 가라앉히는 재주가 있었다. 마법을 쓰지 않고도 그렇게 할 수 있었다.

–그러나.

–그러나?

–그러나 내가 그대를 돕는 것에 대가가 있어야 하오.

–어떤 대가를 원하오?

–우리가 함께 인간과 닮은 것을 만든다면 그것들은 10년 동안 내 노예가 되어야 할 것이오. 10년이 지나면 그것들을 모두 풀어 주겠소.

솔직히 말해야겠다. 나는 그 조건이 매우 관대하다고 생각했었다. 내가 만들어 낼 생물이 인간을 닮았지만 카니세리움보다는 당연히 아래고, 닭이나 토끼보다 존중할 가치가 있다고도 생각하지 않았었다. 생명을 우습게 보는 것은 아니지만 내가 만들어 낼 생물이 말하고 달려도 그것들을 진정한 생명으로 인정할 준비가 되어 있지 않았다.

나는 고백한다. 그것이 나의 가장 큰 실수였다. 만들지 않고 관념적으로 내 창조물을 하찮게 보는 것은 얼마든지 허용된다. 그러나 일단 그들을 만든 다음에는 그들을 존중해 주어야만 했다.

–10년이라면 긴 세월도 아니군. 좋소.

그렇게 해서 나는 당분간 세타세의 손님으로 머물게 되었다. 세타세는 나를 데리고 마법사 왕국의 여러 장소를 구경시켜 주었다. 사람이 세운 건물은 아직 그럴듯한 것이 없었으나 천연의 요새라고 불러야 마땅할 만큼 자연이 장관을 이룬 곳이었다. 어느 날 그는 나를 돌풍이 몰아치는 곳으로 데려갔다.

–내가 이곳을 택한 이유요. 마법의 강한 돌풍을 체험하지 않고서는 마법의 흐름을 다룰 수 없지. 이런 장소는 세계에 겨우 대여섯 군데가 있을 뿐이오. 하지만 나머지 장소는 마법사들을 위한 나라를 세울 만한 곳이 아니었소.

– 대장장이 왕을 피한 것이 아니었던가?

혼잣말에 가까웠으나 세타세는 둔한 귀로도 용케 알아들었다. 사실 그의 귀는 길고 풍성한 머리카락에 가려서 얼굴에 달려 있는지도 확실하지 않았다.

– 우리가 대장장이 왕과 붙어 있으면 좋을 게 없기는 하지.

세타세는 돌풍을 가리키며 하던 설명을 계속했다.

– 이건 수명이 300년 정도 남았소. 종국에는 힘을 다 잃고 스러지겠지.

– 그러면 나라를 옮겨야 하는 건가?

– 이 땅 전체에서 마법의 흐름이 뚝 끊길 텐데 그래 봤자 소용이 없소.

– 하면?

– 후손들이 처리할 일이지. 아니면 마법사의 명맥이 영원히 끊기거나.

– 담담하게 말하는군.

– 300년 후에도 내가 살 것이 아닌데 그것까지 걱정할까?

그때만 해도 나는 저주받아 영원에 가까운 삶을 살며 고통을 감내하게 될 줄 모르던 시절이었다. 그래서 세타세가 허허 웃는 옆에서 함께 웃어 줄 수 있었다.

한가하게 보낸 것은 며칠뿐이었다. 세타세가 나를 데리고 돌아다닌 것은 적절한 실험 장소를 찾기 위함이기도 했다. 우리는 마법사 왕국이 남쪽부터 천천히 개발되고 있으니 아직 허허벌판인 북쪽 산 아래에 실험 장소를 마련하기로 했다. 훗날 예언자들이 들어와 머물게 되는 곳이었다.

우리는 그곳에 외부의 시선을 가릴 장막을 치고 연구를 시작했다. 첫 단계는 지금까지의 연구 성과를 세타세에게 설명하는 것이었다. 세타세는 제법 진지하게 들었다.

–이것들에게 생명이 들어오지 않는 이유를 알겠소.

내가 묻기도 전에 세타세가 대답했다.

–자연의 섭리가 생명에도 그대로 통하는 법이오. 불을 붙이자면 부드러움 대신 강함이 필요하지. 마찰을 일으키거나 딱딱한 물건끼리 맞부딪쳐 불꽃을 튀게 해야 비로소 제대로 된 불이 나오지. 생명의, 아니, 모든 것의 시작은 그런 격렬함이 필요하오.

–그래서?

–그대와 나의 힘. 우리의 힘은 충돌하면서 그런 격렬한 반응을 일으키지. 잘 왔소, 대장장이 왕. 우리가 만나야만 그대의 숙원을 이룰 수 있게 처음부터 정해져 있었던 것 같소.

나는 그의 말을 듣고 가슴의 답답함을 모두 날릴 수 있었다. 이후로 긴 시간 동안 함께 연구한 단계를 일일이 설명하는 것은 불필요하다. 그리고 불가능하기도 하다. 내 머릿속에서 이미 많은 것들이 지워져 지금 내게 다시 루 도인을 만들어야 하는 과제가 주어진다면 똑같은 일을 할 자신이 없다.

그러나 한 가지는 기억하고 있다. 어느 날 우리 둘은 같은 결론을 도출하고 서로를 보며 벌린 입을 다물지 못했다. 누가 먼저 말하고 누가 나중에 말했던가?

–우리의 힘은.

–우리가 생각했던 것처럼 서로 다르지 않은 것 같소.

–어떻게 그럴 수가 있지?

마지막 말은 동시에 나왔던 것도 같다.

위대한 마법사이자 영원한 왕 세타세는

마법사 왕국 동쪽에 조성된

역대 왕들의 묘소에 안치되었다.

마법으로 방부 처리를 한 그의 시신은

유리로 만든 관 아래 영면하고 있다.

원하는 사람은 누구나 묘역을 방문해

그의 모습을 확인할 수 있다.

죽었다는 느낌이 전혀 들지 않아서 언제라도

눈을 번쩍 뜨고 관을 부수며 일어날 것처럼 보이는 바람에

가끔 어린아이들이 울음을 터뜨리기도 한다.

IX

까마귀들의 수장 작이 사방에서 들어오는 보고를 받으며 새 계절을 준비한다

겨울의 길이는 봄이 오기를 얼마나 간절히 원하는가에 따라 달라진다. 봄에 새로운 일을 시작하려는 자들에게는 이 겨울이 유난히 길었다. 반대로 봄을 두려워하는 자들에게는 제대로 정착하기도 전에 달아나 버리는 것 같았다.

한때 루 도인이었다가 쫓겨나서 우여곡절 끝에 제국의 모든 까마귀들을 다스리게 된 작에게는 두 가지 마음이 공존하고 있었다. 따분한 시절을 어서 끝내고 전쟁의 한복판에서 사람들을 꼭두각시처럼 놀려 전황을 좌지우지하고 싶어 몸이 근질거렸다. 그러나 다른 한편으로는 이 전쟁이 그의 운명에 큰 변화를 가져다줄 것 같은 불길한 예감에 가슴이 시리기도 했는데 그 느낌은 작이 막상 관심을 보이면 언제 그랬느냐는 듯이 사라졌다.

겨울 동안 나라들은 전쟁을 예상하고 준비하느라 각자 바빴다. 좁은 지역의 세세한 상황에 대해서는 작보다 잘 아는 사람이 넘쳐 나겠지만 그 모든 상황을 파악하고 추적하는 사람은 그가 유일했다.

겨우 내내 까마귀들은 추위를 무릅쓰고 정보를 물어다 주었다. 그러면 각 지역의 책임자들은 모든 것을 그대로 보고하는 우를 범하지 않고 중요한 내용을 추려서 몇 문장으로 정리했다. 그렇게 압축된 정보는 다시 상급 책임자의 정리를 거쳐 작에게 보고되었다. 까마귀들은 겨우내 작의 집무실을 들락거리며 정보를 전했다.

작은 그중 두 사람을 동시에 만나는 일도 없었으니 정보는 하나의 점으로만 집중되었다. 점 위에 서 있는 사람이 어느 쪽을 도울지는 아직 정해지지 않았다. 까마귀들의 수장은 한쪽을 전적으로 돕거나 양쪽 사이에서 적절히 줄타기를 할 수 있었다. 어느 쪽이 승리하건 까마귀들은 건재할 것이고 누구도 작의 숨은 권력을 침범할 수 없었다.

그러나 까마귀들 사이에서도 균열이 전혀 없지는 않았다. 까마귀들의 전투 부대는 흔히 까마귀 발톱이라고 불렸다. 3소대까지 존재하는 이 정예 군대는 숫자가 낮을수록 더 훌륭하다는 평판이 존재했다.

-1소대가 국경을 넘었습니다.

그런 보고가 작에게 들어온 것은 겨울에 막 들어선 무렵이었다. 전쟁의 제단에 침입해 학살을 자행한 루 도인 부대가 물러났다는 소식이 들리고 며칠이 지나기도 전이었다.

–알겠다.

작은 그렇게만 대답하고 보고자에게 속마음을 드러내지 않았다. 그러나 속으로는 오셀롯의 거만한 얼굴을 떠올리며 저주를 퍼붓고 있었다.

1소대에게 내린 명령은 에젠 지방 인근에서 유사시에 벌어질 긴급한 상황에 대처하기 위해 대기하라는 것이었다. 까마귀들은 황제의 제국과 에젠 성주의 땅 사이에 가상의 국경을 그어 놓았는데 1소대는 그 경계 바깥에 머물게 정해져 있었다. 그런데 작의 명령 없이 그들이 국경을 넘었다면 그 의미는 명백했다. 오셀롯에게 귀순한 것이었다.

까마귀 발톱의 1소대를 맡고 있다고 하면 모두 작의 바로 아래에 있는 이인자라고 생각했다. 실제로는 권력관계가 훨씬 복잡했지만 대충 그렇게 생각해도 아주 틀린 것은 아니었다. 그런데 1소대가 통째로 작을 배신했다면 까마귀들 사이에서 동요가 일고도 남을 일이었다.

대개 1소대를 맡은 자들은 그전까지 아무리 순수한 충성을 바쳤다고 해도 권력을 탐하게 되는데 예외가 있었다면 거의 10년 전에 1소대장을 맡았던 슈타이어 정도였다. 그는 젊은 나이에 이례적으로 출세하고 나서도 욕심을 보이지 않았다. 그런 사람을 곁에 두는 건 작에게 허용되지 않는 것인지 스타인에서 작전을 펼치던 중에 전사했다.

물론 작은 숨겨진 진실을 이미 파악하고 있었다. 슈타이어의 세 용사라고 불리는 자들에 대해 그가 듣지 못하는 것이 오히려 이상한 일이었다. 작은 슈타이어의 행방을 알면서도 내색하지 않고 내버려 두었다. 가족에게 지급되는 연금도 중단하지 않았다.

그는 언젠가 슈타이어와 다시 만날 날이 올 거라 예상했고 그의 가족이 중요한 무게 추가 된다는 것도 알았다. 괜히 어설픈 징벌로 그의 가족을 건드리는 것은 어리석은 일이었다. 작은 한번 마음먹으면 황제를 죽이는 것도 망설이지 않는 사람이었지만, 쓸데없이 사람을 죽이는 일은 하지 않았다. 사막에서 낯선 소녀에게 복숭아를 건넬 때부터 그런 사람이었고, 지위와 평판이 바뀐 다음에도 그 성향은 달라지지 않았다.

전쟁이 일어난다는 소식은 제국뿐 아니라 변방의 변방까지도 널리 퍼져 모르는 이가 없었다. 그래서 제국 동편 사람들은 눈과 추위를 무릅쓰고 서쪽으로 개미 떼 같은 피난 행렬을 이루었다. 그들은 루 도인이 전쟁의 제단 주변에서 벌인 학살에 대한 소문을 들었다. 사실과 다른 부분이 많았지만 한번 헛소문을 듣고 공포에 빠진 사람들에게 진실을 전달하는 것은 별 의미가 없었다.

황제는 피난 행렬이 수도로 몰려들어 질서를 문란하게 어지럽히는 것을 우려해 수도의 사방을 막아 놓고 제한된 사람에게만 출입을 허용했다. 피난민들은 어쩔 수 없이 수도 근처에다가 멋대로 피난민 마을을 조성했다. 황제도 그것까지는 막지 않았다. 신하들이 민란의 우려가 있다고 간언한 덕분이었다.

제국 군대는 급히 무장해서 국경 쪽으로 이동하는 중이었다. 에젠에서 제국으로 통하는 황제의 길은 사실상 세 갈래였는데 제국군은 그 길목을 중심으로 방어선을 구축했다. 그중에서도 마곤에 병력의 절반이 머물렀다. 그곳이 수도와 직선으로 이어진 교통의 요지인 동시에 큰 도시인 까닭이었다.

제국은 그렇게 전쟁을 대비하고 있었다.

작은 머릿속으로 나머지 나라들의 상황을 점검했다. 일단 제국을 돕는 나라는 겨우 둘이었다. 스타인은 전쟁이 끝나고 아크마트 공국을 철수시키는 대가로 평화 협정을 체결했다. 아크마트는 그 와중에도 노련하게 굴어 스타인의 통일을 애매하게 표현했다.

젤레즈니는 한때 대장장이 왕이었던 오카브의 사면을 조건으로 지원을 약속했다. 제국으로서는 받아들이기 쉬운 조건이었다. 오카브가 사면장을 믿고 신전 바깥을 어슬렁거린다면 까마귀들을 이용해 암살하는 것도 가능했다.

공교롭게도 제국을 돕기로 한 두 나라는 제국의 침략을 가장 심하게 당했다. 물론 그 당사자가 지금 제국의 적인 오셀롯이었지만 그래도 선뜻 힘을 빌려주는 나라가 그 둘뿐이라는 것은 아무리 따져 보아도 좋은 징조가 아니었다.

전임 황제인 오셀롯, 자기를 에젠 공으로 자처하는 반란군을 전적으로 돕는 나라도 둘이었다. 먼저 놋 왕이 있었다. 그의 선택에는 누구도 놀라지 않았다. 작도 예상하지 못한 나라는 마법사 왕국이었다.

마법사 왕국의 임시 왕인 다이아몬드 카분은 나라 안의 적대적인 세력을 탄압하며 권력을 공고히 하고 오셀롯에 대한 전적인 지원을 약속했다. 마법사 왕국을 탈출한 무리는 소문에 따르면 죽은 왕의 동생 아리셀리스가 이끌고 있었는데 루도인에 닿기 전 남쪽 가장자리에 피난처를 마련했다.

전적으로 중립을 표방한 나라도 둘이었다. 자유 동맹은 본래 외부의 문제에 끼어드는 것을 싫어했다. 애커, 애커는 겉으로는 중립이지만 어느 쪽이 더 많은 이익을 줄까 저울질하는 중이었다. 그들이 전쟁 준비에 밤낮을 가리지 않는 것은 이미 작이 보고받은 내용이었다.

마지막으로 루 도인은 하나의 나라라고 볼 수 없어서인지 의견이 분열되어 있었다. 루 도인과 일부는 황제의 편을 들었으나 나머지는 아베로에스라고 불리는 대족장을 중심으로 뭉쳐서 그에 대항할 예정이었다. 봄이 되면 루 도인 땅에서도 작은 전쟁이 일어나게 되어 있었다.

이것만은 이번 전쟁에서 드물게 제국에 좋은 일이었다. 그렇다면 루 도인은 방어에도 힘써야 하니 모든 병력을 동원해서 오셀롯을 도울 수 없게 된다.

한때 루 도인이었다가 비참하게 쫓겨난 작은 루 도인의 전적인 승리를 바라지 않았다. 그러면 황제가 오셀롯과 루 도인을 물리치는 것을 바라는가? 그렇지도 않았다. 작은 전쟁과 폭력과 배신의 소용돌이 속에서 자기 존재감을 강하게 내세우고 싶을 뿐 누구의 승리에도 관심이 없었다.

어쨌든 당장 불리해 보이는 쪽은 제국이었다. 제국 군대는 사방에 흩어져 군기가 엉망이라는 평이 있었지만 에젠에 주둔하는 정예군은 오랫동안 훈련받은 강군이었다. 게다가 제국 사람들은 루 도인 군대에 공포를 느꼈다. 그들의 신체가 강해서 그런 것만이 아니라 미신적인 두려움이 함께 작용하고 있었다.

참으로 대단한 일이었다. 혼란을 원하는 작이 거의 아무것도 하지 않았는데 알아서 혼란이 찾아와 제국 전체를 파괴할 기세였다. 거기서 작의 역할을 꼽자면 라톤섬에 갇힌 오셀롯이 탈출할 기회를 제공한 것뿐이었다. 나머지는 연극 속의 등장인물들이 알아서 행동하고 벌인 일이었다.

이제 마지막으로 스스로 왕이라 칭하지만 실제로는 왕도 무엇도 아닌 별 볼 일 없는 존재, 대장장이 왕에 대한 소식만 남았다. 작은 대장장이 왕을 깔보면서도 그가 펼치는 힘이 전쟁에 일부 영향을 끼칠 수 있음을 인정했다. 아무리 대장장이 왕이 팔푼이처럼 굴더라도 그가 위임받은 힘은 진짜 신의 힘이었고 제대로 사용하기만 하면 제국 땅을 문자 그대로 반으로 쪼개는 것도 가능했다.

작은 물론 대장장이 왕을 혐오하고 있었다. 그 원인을 추적해 보자면 그가 입을 잘못 놀려 작의 오랜 비밀을 떠든 것이 가장 큰 지분을 차지했다. 그러나 작은 객관적인 입장에서 대장장이 왕을 미워한다고 믿었다.

대장장이 왕은 성인이라고는 하지만 아직 나이가 어리고 철이 없었다. 그의 행적을 정기적으로 보고받아 보면 신에게 받은 힘에 취해서 이리저리 떠돌기만 할 뿐 세상에 실질적으로 도움이 되는 일이 드물었다. 남들에게 대장장이 왕이라고 칭송을 받는 것이 삶의 목표인 얼간이처럼 굴었다.

남의 힘을 자기 것이라고 믿고 날뛰는 젊은이처럼 다루기 쉬운 것도 없었다. 폴로 공국의 아크마트가 대장장이 왕을 자유 동맹까지 보냈던 것도 노련함으로 젊은이의 허영심을 요리한 덕분에 가능했을 것이다. 자유 동맹 안에서 무슨 일이 일어났는지 대장장이 왕은 갑자기 스타인에 나타났다. 보고서 작성자는 대장장이 왕이 자유 동맹을 설득하는 일에 실패한 것으로 추정했다.

대장장이 왕 일행은 눈구름이 한번 지나간 다음 그럭저럭 뚫린 길을 따라 신전으로 돌아갔다. 패잔병처럼 비참한 복귀였을 것이다. 대장장이 왕을 지키던 경호원도 부상이 심해 혼자서 말을 탈 수 없는 지경이라고 했다.

이대로 봄이 되어 전쟁이 벌어져도 대장장이 왕이 끼어들 수 있는 부분은 많지 않았다. 자기 전임자처럼 병사들을 학살하다가는 자격을 잃고 아무것도 아닌 존재가 될 것이다. 작은 대장장이 왕이 루 도인 군대를 박살 내는 모습을 보는 것만은 나쁘지 않겠다고 생각했다. 그러나 일어날 수 없는 일이었다.

–그놈만 생각하면 화가 뻗친단 말이야.

작은 평소 안 하던 혼잣말에 이까지 뿌드득 갈며 새로운 보고자를 맞이했다. 작이 특별한 임무를 맡긴 부하였다. 온몸을 검은 천으로 두른 것은 작과 마찬가지였다. 그가 까마귀로 태어나지 않았지만 까마귀로 살다 죽겠다는 맹세의 확실한 징표였다.

–피장은 오셀롯에게 붙었습니다. 그 집 하인 중 하나를 정보원으로 매수했고 증거도 확보했습니다. 황제도 의심하지 않을 겁니다.

–피장이?

작은 그의 매끈한 얼굴을 떠올리며 덧붙였다.

–이번에는 계곡으로 피신하지 않는다고? 겁쟁이 주제에 큰 도박을 걸었군. 오셀롯이 돌아왔을 때 받을 벌이 두려웠던 건가?

지금의 황제 팔라스 펠리스가 오셀롯에게 반역을 일으켰을 때 계곡으로 피난 가서 중립을 표방했던 자들이 있었다. 그중 대장 격인 인물이 피장이었다. 자기 권력을 지키기 위해서라면 뭐든지 할 위인이었다.

작은 그의 딸 크리스틴을 떠올렸다. 아버지를 닮아 위선적이면서 도도한 여인이 한때 황태자에게 붙어 황후를 꿈꾸다가 돌아가는 상황을 보고 차 버렸다는 풍문이 돌았다.

–그렇다면 뭘 망설이는가? 부르면 되지. 하인들이 저항할 수 있으니 발톱을 데리고 가서 처리하게.

–밤에 할까요?

–지금은 사람들이 본보기를 목도하고 공포를 느껴야 마땅한 시기야. 까마귀들이 대낮에 궁전 못지않게 화려한 그 집으로 들어가 당대의 권력자를 개처럼 비참하게 끌고 나와야 나머지가 앞장서 황제에게 충성을 맹세하지 않을까?

부하는 작만큼이나 기뻐하며 그 일을 받아들였다.

명령이 떨어진 지 한 시간도 지나지 않아 까마귀 발톱 2소대가 한 명도 빠짐없이 피장의 저택으로 몰려갔다. 그들은 피장뿐 아니라 그의 아내와 유일한 딸 크리스틴까지 체포했다.

막아서는 하인들이 몇 있었으나 한 명이 피를 뿌리며 바닥에 쓰러진 다음부터는 저항이 잠잠해졌다. 까마귀 발톱과 싸워서 무슨 희망이 있단 말인가. 설령 무사히 도망쳐도 사방에 뻗친 까마귀들이 죽을 때까지 추격해 올 것을 알면 덤빌 수 없었다.

까마귀들은 그 일로 그치지 않고 방을 돌며 물건을 닥치는 대로 부수고 망가뜨렸다. 피장이 자랑하던 저 아름다운 색유리는 산산조각이 나서 바닥에 떨어져 사람들에게 밟히는 신세가 되었다. 사실 주인의 운명에 대한 상징도 되었건만 딱딱하게 굳은 제국 사람들의 마음에는 그런 시적인 암시가 비집고 들어갈 자리가 없었다.

전쟁의 공포에 떨던 사람들은 피장 가문이 몰락하는 것을 보고 낙심해서 얼굴빛이 검게 변했다. 이런 부류는 대개 제국에서 사는 것이 행복하다고 느끼는 자들로 권력과 재산이 남부럽지 않은 이들이었다. 거기서 한 걸음 물러난 제국의 평민들은 언제나 그러하듯이 사태를 묵묵히 관찰하며 자신의 식견을 조심스럽게 주변에 전파했다. 그들은 잃을 것이 적었고 그래서 흔들림도 작았다.

그날 저녁 해가 지고 불을 밝혀야 사람의 얼굴을 구별할 수 있을 때쯤 작에게 손님이 찾아왔다. 펠리스의 영광이라는 어마어마한 이름을 버거워하는 황태자였다. 평소라면 핑계를 대고 거절했겠지만 작의 배 속에도 다른 사람들처럼 변덕이란 기관이 달려 있었다. 과연 황태자가 어떻게 자기의 옛 연인을 구하려고 호소할지 궁금했다.

디노펠리스는 어깨를 요란하게 부풀린 화려한 옷이 아니라 수수한 천을 걸치고 나타났다. 그래서인지 머리가 더 크고 어깨가 왜소해 보여 평소보다도 볼품이 없었다. 그는 작의 맞은편 의자에 앉았다. 두 의자는 상석이 구분되지 않는 동일한 것이었으나 황태자는 그런 번거로운 관습에 당장은 관심이 없는 듯했다.

–황태자께서 이 밤에 무슨 일이십니까?

– 오늘 낮에 까마귀들이 피장 사람들을 전부 잡아들였다고 하더군요.

– 그렇습니다.

황태자는 기운 없는 눈을 들어 작을 빤히 쳐다보았다.

– 그렇군요.

– 그들은 반역을 꾀했습니다. 아버지를 제외한 나머지는 목숨을 잃지 않을 겁니다. 대신 그들의 영광은 이제 끝났습니다.

작의 말은 신중한 암시를 담고 있었다. 크리스틴 피장의 구명을 위해 황태자가 직접 나서는 것은 모양새가 좋지 않다. 어차피 그녀의 새 신분은 황태자에게 걸맞지 않으니 둘이 맺어질 가능성은 아예 사라져 버렸다.

– 크리스틴 피장은 정치를 모르는 순수한 사람입니다.

작이 바야흐로 황태자의 언변을 평가하려고 들 때 침묵이 찾아왔다. 처음부터 거기까지만 말하기로 작정한 사람 같았다. 작에게는 이만저만 실망스러운 일이 아니었다. 그는 황태자가 비굴하게 호소하는 것을 듣겠다고 단단히 기대했었다.

한동안 바닥을 보던 황태자는 다시 작을 보고 힘겹게 입을 열었다.

– 저는 피장을 구명하러 온 것이 아닙니다. 그보다 이 혼란스러운 시국에 제 역할이 무엇일지 생각해 보았습니다.

작은 그가 마저 말하도록 기다려 주었다. 작이 묻기를 기다리던 디노펠리스는 그런 일이 영원히 일어나지 않을 것을 알았다.

–저는 검은 옷을 입으려고 합니다.

작의 눈이 깜박인 것은 놀람을 표현하는 극적인 수단이었다. 에이어리가 그의 정체를 파악했을 때도 눈이 제멋대로 움직였고, 에이어리가 그 모습을 보고 기뻐한 순간 암살 대상이 되었다. 그러나 눈을 내리깔은 황태자에게는 작의 반응이 보이지 않았다.

–까마귀가 되신다면, 황태자님께 꼭 맞는 역할이 있습니다. 오직 황태자님만 하실 수 있는 일입니다.

옛사람이 노래했다.

어째서 밤을 정적이라고 하는가?

겨울이 움직이지 않는다고 말하는가?

처음과 끝이 한데 뭉쳐 당장이라도

뛰쳐나오려고 떠는 소리가 들리지 않는가?

밤은 가능성의 본질이고

겨울에 모든 것이 완성된다.

아직 보이지도 않는 열매는

눈 속에서 벌써 익는 냄새를 풍긴다.

X

오카브가 에이어리와 긴 대화를
나눈 끝에 신전을 떠난다

31대 대장장이 왕과 32대 대장장이 왕은 확실히 닮은 구석이 있었다. 둘 다 침묵을 미덕이라고 생각하지 않았다. 겸손함과는 거리가 멀었다. 남보다 우위에 서는 것을 좋아했다.

대신 외모로는 한눈에 구별이 되었다. 오카브가 노란 머리카락을 목 아래까지 기르고 있는 반면에 에이어리의 검은 머리는 귀를 전부 덮은 적이 없었다.

겨울의 중반부터 둘은 함께 대장장이 신의 신전에서 지냈지만 제대로 대화를 나눈 적은 없었다. 항상 주변에 사람이 많기도 했고 서로 둘만 남는 상황을 두려워했다. 각자 언젠가는 말해야 하지만 당장은 민망한 일이 있었다.

그러나 겨울날 대장장이 신의 신전이란 재밋거리를 찾는 사람에게 좋은 장소가 아니었다. 둘은 겨우내 심심한 시절을 보냈다. 녹지 않고 영원할 것처럼 굴던 눈더미가 마침내 굴복하고 붉은 땅이 드러날 때가 되어서야 단둘이 마주할 수 있었다. 의도했던 것은 아니고 우연한 만남이었다.

–봄이구나.

오카브의 말에는 정성이 없었다.

–그렇습니다, 스승님.

–넌 봄을 좋아한다고 했지?

–스승님은 겨울이 좋다고 하셨죠.

–겨울에는 집에 종일 틀어박혀 있어도 아무도 나무라지 않거든.

–어차피 누구도 스승님을 나무라지 않잖아요?

–한심하게 쳐다보는 것도 나무라는 것에 속한다. 인간은, 정말 인간이라는 족속은 아무리 그러지 않으려고 해도 남에게 간섭하지 않고서는 못 견디는 모양이다. 자기도 인간이니 어쩔 수 없다고 인정하는 쪽은 그나마 낫다. 자기는 다르다고 점잔을 빼는 것들이야말로 가증스럽지.

오카브는 한번 말문을 열고 나서야 자기가 제자와의 대화를 고대하며 겨울을 보냈다는 것을 깨달았다. 다행히 제자도 같은 생각을 한 것처럼 오카브와 같은 방향으로 걸었다. 둘은 계단을 올라가 창조의 기둥 쪽으로 향했다.

–넌 대단한 모험을 하고 돌아왔다더구나.

–스승님에게도 놀라운 만남이 있었다고 들었습니다.

–그래, 그랬지. 데스커드는 좀 어떠니?

–상처는 깊지 않은데 칼끝에 독이 묻어 있었어요. 도둑들이 흔히 쓰는 수법이라고 하더라고요.

–그래서?

–스타인에서 여기에 올 때까지는 거의 죽은 사람이나 마찬가지였어요. 겨우 목숨 끄트머리를 붙잡고 있었죠. 지금은 많이 좋아졌지만요. 그래도 여전히 칼은 쥐지 못하고 요양 중이에요.

이미 다른 사제에게 들은 이야기였지만 오카브는 한 번 더 듣는 것을 지루해하지 않았다.

–그런데 데스커드가 칼을 맞았으면 어떻게 투란이랑 다사가 멀쩡했던 거냐?

다사는 오카브의 부탁대로 스타인에 남았다. 누나가 다시 찾아올지도 모른다는 말에도 담담했다. 오카브 님이 기껏 여기까지 보내 주셨으니 저는 남겠습니다. 그 말이 에이어리의 머릿속을 맴돌았다.

–그건 저도 대충 들어서요. 투란이 그 자리에 있었으니 더 자세히 말씀드릴 거예요.

–아니, 투란한테 들으면 피곤할 거야. 그 아이는 나만 만나면 말이 많아져. 나를 멀리 있는 아버지 대신으로 생각하는 것

같아.

거기까지 말하고 오카브가 입을 다물었다. 자기가 한 말 중에 끔찍한 단어가 들어 있는 것처럼 몸을 떨었다.

–데스커드가 찔린 건 방심했기 때문이지만 다사의 누나가 쓰는 무기에 익숙하지 않았던 탓도 있어요. 휘두를 때 칼날 안에 또 칼날이 있어서 갑자기 쑥 늘어났대요. 거기에 독이 묻어 있었던 거죠. 적의 무기 길이를 계산해서 피하는 훈련을 받은 데스커드한테는 최악의 무기였대요.

–그러니까 다사의 누나는 데스커드를 찌른 것이 겁나서 도망갔다는 건가?

–악명 높은 사람이 그럴 리가 있나요. 데스커드가 찔리면서도 상대의 어깨에 부상을 입혔어요. 데스커드가 하는 말을 들으면 이제 오른손으로는 무기를 쓰기 어려울 거래요. 진 게 억울해서 하는 소리일지도 모르겠지만요.

–그 녀석도 너처럼 말이 많지만 허풍쟁이는 아니지. 다사는 왼손으로 싸우는 자기 누나를 상대할 수 있을까?

–그 누나가 양팔을 쓰지 못해도 질 거예요.

–그렇지. 나를 잡으려고 한 주제에 겁도 많고 약하니까.

오카브는 창조의 기둥에 난 홈을 잡고 올랐다. 파인 흔적을 보면 자연적으로 생긴 게 아니라 누가 일부러 정교하게 만든 것이었다.

–창조의 기둥을 이렇게 망가뜨리셔도 돼요?

–뭐, 어때. 나도 한때 대장장이 왕이었는데. 이것도 한때 기둥이었지 이제는 아무것도 아니야. 그리고 죽은 사람은 불평 못 해.

오카브는 누가 자기를 째려보며 욕을 퍼붓는 것 같은 착각을 느꼈다. 그러나 그럴 리가 없었다. 최초의 대장장이 왕은 이미 오래전에 세상을 떠났고 돌아올 수 없었다.

창조의 기둥에 난 구멍은 겉으로 보기에 사람 한 명이 겨우 들어갈 정도였으나 안쪽으로 들어가 보면 더 넓고 길쭉하게 파여 있었다. 오카브가 혼자 눕기 딱 알맞은 크기라서 두 사람이 앉는 것도 가능했다. 둘 다 체구가 크지 않은 편이라 오히려 여유가 있었다.

–이렇게 안을 파 놓으면 부러지는 거 아니에요?

–대장장이 왕이 아니라도 그런 것쯤은 계산할 수 있다. 이 기둥은 우리보다 오래 서 있을 거다.

–그렇군요.

기둥의 차가운 감촉에 적응하기까지 두 사람은 잠시 대화를 멈췄다. 그리고 누가 먼저 자기의 이야기를 들려주어야 하는가 결정할 시점이 오자 스승이 제자에게 말했다.

–네 얘기를 먼저 듣고 싶구나.

–대단한 일은 없었어요. 아크마트 대공이란 사람을 만나고 자유 동맹에 가서 소란을 일으켰지요. 그리고 용을 만났어요.

–그래, 거기까지는 들었다. 크릉홍다르흐가 자유 동맹으로 이사했나?

–다른 용이었어요. 몸이 옅은 붉은색이었지요. 그 용이 말하길.

–말하길?

–세상에 남은 용은 셋이라고 했어요.

–나도 그렇게 알고 있다.

–자유 동맹에 가 보셨어요?

–근처까진 갔지. 그리고 네가 느낀 것과 같은 기운을 느꼈다. 용이 다스리는 땅이라. 옛이야기에나 나올 법한 이야기지.

–들어가지 않으셨다고요?

–용의 영토에 들어가는 건 좋은 일이 아니야. 용들은 점잔을 떠는 괴물치고는 인내심이 적거든. 사슴 같은 동물이 멍청하게 실수로 들어가도 탓하지 않지만 대장장이 왕이 들어가는 건 아주 싫어해. 너처럼 그 영토에 두 번이나 들어간 대장장이 왕은 다시 없을 거다.

–그분은 자기가 숨어서 살아야 하는 이유가 대장장이 왕

에게 있다고 했어요.

–무슨 뜻이지?

–저도 모르겠어요. 그리고 저를 책망했죠.

–아크마트의 꼬임에 넘어갔다고?

–가르젠과 탈와르는 용이 한 말이 옳다고 했어요. 스승님도 그렇게 생각하시나요?

–넌 거기에 왜 가게 되었지?

–아크마트의 권유를 받아서요.

–아크마트는 너에게 자유 동맹에서 뭘 하라고 했는데?

–자유 동맹의 지도자를 만나 제국 편에 서서 전쟁에 참여해 달라고 설득.

–왜?

에이어리는 머리를 세차게 흔들었다.

–저는 바보였군요.

–맞아. 용이 봐도 한심했을 거다. 대장장이 왕이 그런 심부름이나 하고 있다니. 힘만 세고 머리는 그만큼 발달하지 못한 데스커드도 알아차렸을 거다.

–그건 맞아요. 데스커드는 저에게 적당히 딴지를 걸어 주죠. 데스커드가 없어서 더 혼란스럽기는 했어요.

그다음에 에이어리는 용이 자유 동맹에서 무슨 일을 하고 있었는지 자기가 짐작한 바를 말했다.

–그러니까 사람들을 데리고 세상에서 가장 거대한 인형놀이를 한다는 말이구나.

–맞아요.

–넌 그게 부당하다고 생각하고?

–옳다고 볼 수는 없죠.

–그런데 자유 동맹 사람들은 덕분에 행복했다고?

–그건 가짜 행복이에요.

–내가 최근에 들은 말 중에 가장 황당한 선언이구나. 진짜 행복은 그럼 뭐냐? 자유 동맹 인간들이 정치랍시고 서로의 집에 불을 지르고 어두운 곳에서 목을 찌르면 행복해진다더냐? 그랬다면 자유 동맹은 진작 제국에 흡수당했을 거다.

–그러면 스승님은 용이 옳다고 생각하신다고요?

–아니야. 나는 옳고 그름에 관해 결정하지 않고 물러나기로 결심한 지 오래된 사람이다. 젊은 시절의 나는 너무 자신감에 차 있어서 어느 쪽이 옳은지 단번에 알 수 있다고 믿고 나와 생각이 다른 편을 증오했지. 제국의 군대를 죽일 장치를 설치하면서 망설이지 않았던 것도 그들이 죽어 마땅하다고 생각했기 때문이다.

–다시 그 상황이 되면 똑같이 하지 않으실 건가요?

–신께서 내게 주신 힘으로는 그들을 죽이지 않고도 막을 방법이 분명히 있었겠지. 나는 증오해서 죽였던 거다. 약자는 방어를 위해 어쩔 수 없이 죽인다지만 나는 그들보다 강했으니 선택할 수 있었어.

평소라면 여기에서 이야기가 끊겨야 했다. 오카브는 과거의 고통을 단번에 모두 느껴야 하는 사람처럼 굴었고 에이어리는 압도적인 비극 앞에서 어떤 말로 상대를 위로해야 할지 짐작할 수 없었다. 그러나 오카브에게 변화가 있었다. 다시 자만심이 넘치던 옛 시절로 돌아간 것은 아니었으나 최소한 죄책감의 가시로 자기를 찌르는 것은 그만둔 사람처럼 보였다.

–그래서 그 용의 이름은?

–저한테 말하지 않았어요. 저는 들을 자격이 없다고요.

오카브는 낄낄 웃었다.

–아무튼 그 용은 자유 동맹 사람들을 아끼고 있다. 그러지 않고서야 귀찮은 일을 300년 동안이나 떠맡을 이유가 없지. 용은 자유 동맹에 많은 것을 줄 수 있지만 자유 동맹은 용에게 줄 수 있는 것이 없어. 그 용은 인간을 키우면서 재미를 얻는 것에 만족하는 거야.

–저는 반대합니다.

–그러면 가서 용과 싸우고 자유 동맹 사람들을 구출할 생

각이냐?

–그렇게.

에이어리는 머뭇거렸다.

–그렇게 할 수는 없겠죠.

–내버려 두자. 용도 수명이 있으니 영원히 그럴 수는 없는 노릇이다.

둘은 창조의 기둥 아래서 잠시 마무리된 이야기를 정리하느라 뜸을 들였다.

–옛날에는 이 기둥이 똑바로 서 있고 그 위에 지붕을 얹었던 걸까요?

–글쎄다. 그랬다면 참으로 거대한 신전이었겠지. 세상 모든 건물보다 큰 건물이었을 거다.

남은 것은 기울어진 기둥 몇 개뿐이고 지붕의 흔적 같은 것은 전혀 찾을 수 없었다.

–어쩌면 기둥만 세워 놓고 끝났을 수도 있어요.

–그랬을 수도 있지. 대장장이 왕이란 신의 힘을 빌려 신이 된 것처럼 건방지게 구는 자들이지만 결국은 인간이니까. 모든 걸 완성할 수는 없다.

그렇게 한가한 대화 속에서 에이어리는 기회를 엿보고 있었다. 진정 묻고 싶은 것은 창조의 기둥에 서린 역사 같은 것이 아니었다. 이끼가 낀 돌덩이는 그냥 돌덩이로 내버려 두면 될 일이었다.

–젤레즈니.

그 말만 듣고도 오카브는 침을 꿀꺽 삼키며 긴장했다.

–여왕님이 여기를 방문하셨다면서요?

–그랬지.

–어떠셨나요?

–반가웠지.

–그리고요?

–반가움이 지나쳤다.

이해하지 못하는 에이어리에게 오카브가 품에서 잘 접힌 종이를 꺼내 주었다. 에이어리가 입을 벌려 물으려는 것을 오카브가 손을 휘휘 저어 거부했다.

에이어리는 조심스럽게 종이를 폈다. 종이에 쓰여 있는 말은 수수께끼와 같았다. 제국 문서에서 자주 쓰는 수법이었다.

–메덴의 꽃?

–그래.

에이어리는 낯설지 않은 말의 의미를 탐구했다. 이 말에 얽힌 이야기가 있었다. 그나마 기억이 나는 것은 이야기의 마지막 부분이었다.

왕비가 왕과 함께 정원을 거닐다가 손가락으로 연못 한가운데에 핀 큰 꽃을 가리켰다.

–저 꽃을 보십시오.

–저건 메덴의 꽃이 아닌가.

–그렇습니다.

–저게 어쨌다는 말인가?

–저 크고 탐스러운 꽃은 마치 안에 무언가를 품고 있는 것 같지 않습니까?

–고작 꽃 주제에 벌 말고는 무엇을 품을 수 있겠는가?

–저렇게 크고 단단하다면 안에 귀중한 것을 품고 있을지도 모르겠습니다.

–그건 말도 안 된다.

왕이 신하들을 시켜 꽃을 확인하게 했더니 그 안에서 아기가 나왔다. 왕이 멀리 떠났을 동안 임신했다는 사실을 알게 되고 자식을 낳은 왕비가 벌인 일이었다. 이후로 아기가 자라는 동안 메덴의 꽃도 성스럽게 여겨졌다.

에이어리는 이 이야기가 어떻게 오카브와 연결되는지 생각하다가 눈을 크게 떴다.

–설마.

–그 편지는 젤레즈니에서 온 것이다.

–그렇다면?

–여왕은 편지가 남의 손에 들어갈 수도 있다고 생각한 모양이다. 젤레즈니 사람들은 이런 수수께끼에 익숙한 사람들이 아니야.

–데네브 님이.

–아기를 가진 모양이야. 아직 아무에게도 말하지 않았다.

오카브는 난처한 얼굴로 에이어리를 보았다. 스승이 된 이후로 제자에게 그렇게 위엄이 없기는 처음이었다.

–정말, 정말 기쁜 일이에요.

–그렇겠지?

–그럼요. 정말 꿈이 아니겠죠?

오카브는 참지 못하고 웃어 버렸다.

–모두가 나만 보면 그 말로 놀리는구나. 하지만 이런 상황에서.

–젤레즈니로 가셔야겠네요.

–내가?

–그럼요. 이제는 수배자도 아니니까 당당하게 가실 수 있어요. 게다가 젤레즈니의 영웅이시잖아요. 모두가 환영하면서 맞이할 거예요.

–봄이면 전쟁이 일어난다.

–그러니까 더더욱 여왕님의 곁에 계셔야 해요.

–어쩌면 여기도 침략받을지 모르지.

–여기는 대장장이 왕과 사제들이 가뿐히 지킬 수 있어요.

–그건 옳은 말이다. 난 이제 대장장이 왕도 아니니까.

–스승님, 한 신전에 두 대장장이 왕이 있는 건 이상한 일이에요. 대장장이 왕으로서 명하노니 여기를 떠나세요.

–이상한 방식으로 나를 쫓아내는구나.

–이 기쁜 소식을 어째서 다른 사람들에게는 알리지 않으신 거죠?

–준비가 안 된 일이고 또 부끄럽기도 하니까.

에이어리의 다리는 대답을 듣기도 전에 오카브가 파 놓은 홈을 밟고 있었다.

–뭐 하는 거냐?

–모두에게 알려야죠.

오카브는 말리려다가 마음을 바꾸었다. 어차피 알려질 일이라면 본인이 직접 쑥스럽게 말하는 것보다 수다쟁이 제자의 입을 통해 전하는 것도 나쁘지 않겠다고 생각해서였다.

아래에서 어이쿠, 소리가 났다. 급하게 내려가다가 떨어지거나 발을 접질린 모양이었다. 오카브는 가만히 있었다. 신전

안에서 대장장이 왕을 걱정해 줄 필요는 없었다.

저녁이 되자 사제는 물론이요, 오반도가 돌보는 말부터 마을에 사는 사람들까지 그 소식을 듣게 되었다. 오카브를 만나는 사람들마다 호들갑을 떨었다. 저녁 식사 시간에는 평소 사람들이 많은 곳에서는 좀처럼 입을 열지 않는 트라이버가 나섰다.

－마차를, 마차를 고쳐야겠습니다. 젤레즈니까지 가는 길은 멀고 봄에는 가끔 비가 많이 내려 길이 진창이 되니까요.

오카브는 생각했다. 아직 주저하는 마음이 남아 있지만 제자가 이렇게 분위기를 만들어 준다면 떠나는 것도 나쁘지 않았다. 지금까지 사제들과 에이어리가 배려해 주었지만 신전은 본디 그가 있어야 할 장소가 아니었다.

오카브가 마지막까지 고민한 문제는 창조의 기둥 안쪽을 다시 메우고 가야 하는지의 여부였다. 결론은 그냥 놓아두자는 것으로 나왔다. 어쩌면 훗날 사람들이 이렇게 말할지도 몰랐다.

－이게 31대 대장장이 왕이 뚫어 놓은 구멍이라며?

오카브는 보이지 않는 존재가 자기를 책망하는 것 같은 기분을 느꼈다. 그러나 그럴 리가 없었다.

보통 대장장이 왕이 생명을 다하기 전에는

후임을 미리 정하지 않는다.

아들들에게 자리를 세습하다가

신의 은총을 잃은 암흑시대에도

살아 있는 동안 자리를 물려준 대장장이 왕은 없었다.

예외는 단 두 번 있었다.

최초의 대장장이 왕과 서른한 번째 대장장이 왕은

살아서 자기의 후임을 만나고 이야기를 나누었다.

XI

오셀롯의 손가락에서 뻗어 나가는 뱀 줄기가 세 갈래로 흩어져 전진한다

지난 에젠의 겨울은 유별나게 길었다. 특히 오셀롯 펠리스와 그라스 시비스와 무에게는 견딜 수 없을 만큼 지루한 시간이었다. 세 사람은 전쟁을 기다리느라 몸을 가만히 놓아둘 수 없어 덜덜 떠는 버릇이 생겼다. 오셀롯은 손가락을 떨었고 그라스는 다리를 떨었으며 무는 혼자서 고개를 자꾸 끄덕였다.

에젠 사람들은 셋 중에서 루 도인의 장군 출신이자 이제는 대장군으로 불리는 무의 모습과 호칭을 가장 잘 구별했다. 그라스는 대장군이라는 직책을 함께 받고도 여전히 다르게 불렸으니 대장군은 사실상 무 하나였다. 붉은색의 반투명한 피부를 지닌 대장군이 있으면 누구나 그를 한번 보고 잊을 수가 없는 법이다.

오셀롯과 그라스를 호칭으로 구별하는 것은 조금 복잡했다. 한때 오셀롯이 황제였고 그라스가 에젠 대공이었다. 오셀롯은 황제 자리에서 쫓겨나 유배지에서 탈출한 다음 에젠 땅으로 와서는 에젠 공을 자칭했다. 에젠 대공이었던 그라스는 오셀롯이 공인데 대공이 될 수 없다며 에젠 성주라고 불리기를 원했다.

–에젠 공이 그렇게 말씀하셨다네.

–잠깐만, 에젠 공이 대체 누구야? 옛 황제를 말하는 거야, 아니면 우리의 대공을 말하는 거야?

그런 착각이 끊임없이 일어났다. 보다 못한 에젠 대공, 아니, 에젠 성주 그라스 시비스가 오셀롯을 찾아가 간언했다.

–황제께서 한낱 성주로 불리기 원하시는 이유를 잘 알고 있습니다. 그러나 머리가 나쁜 아랫것들은 그 뜻을 알지 못하고 다른 사람과 혼동합니다.

여기서 그라스는 사람들이 혼동하는 대상이 자기라는 것을 굳이 밝히지 않았다.

–그러면 내가 어떻게 불렸으면 좋겠나?

–마땅히 황제가 되셔야 합니다.

–그러나 황제는 저쪽에 있네. 내 사촌이지. 나는 황제였지만 아직 황제가 아니야.

그라스는 오셀롯의 기묘한 말을 곱씹어 본 다음에야 준비해 둔 제안을 슬며시 꺼낼 수 있었다.

–에젠은 따로 황제를 가질 수 있습니다. 에젠을 독립국으

로 선포하고 에젠 황제가 되시는 것은 어떻습니까?

– 그렇게까지 할 필요가 있을까?

– 병사들의 사기 문제입니다. 제국의 반란군과 에젠의 정예군이라는 명칭은 주는 느낌부터 다르지 않습니까?

– 그렇다면 대관식은 약식으로 치르지. 전쟁을 앞두고 쓸데없는 일에 기력을 낭비하고 싶지 않으니까.

며칠 후 오셀롯은 에젠 황제의 자리에 올랐다. 그라스 시비스는 다시 에젠 대공의 자리에 복귀했다. 대장군 무는 여전히 병사들의 찬탄을 받으며 자기의 붉은 얼굴을 뽐냈다.

반란군이 새로 이름을 얻게 된 것이 당장에는 좋은 일처럼 보였다. 병사들의 사기가 올라간 것을 아무리 둔한 사람이라도 알 수 있었다. 그러나 그것이 전쟁의 승패를 바꾸게 될지는 아직 미지수였다. 반란군이었으면 질 전쟁이었는데 에젠의 정식 군대가 되면 이기는 극적인 일이 일어난다는 보장은 없었다.

그래도 호칭은 쉽게 정리되었으니 이제는 세 사람을 우리 황제와 에젠 대공과 대장군으로 부르게 되어 아무도 헷갈리지 않았다.

봄은 새로운 에젠 황제 따위에 관심을 보이지 않고 무심하게 왔다. 무는 가지에서 피어난 작은 싹 하나, 에젠 땅 전체에서 겨우 하나 솟아난 그 녹색 생명을 확인하자마자 에젠 황제에게 달려갔다.

–봄이 왔으니 출병을 허락해 주십시오.

겨울 동안 오셀롯과 그라스와 무는 지도를 펼쳐 놓고 침공 계획을 짰다. 선발대는 당연히 무였다. 그라스가 이끄는 본대는 그 뒤를 이어 제국으로 전진해 나가도록 정해져 있었다.

–에젠은 겨울이 늦게 왔다가 빨리 사라지는 땅이야. 서쪽 땅에는 아직 녹지 않은 눈이 길을 막을 텐데?

황제가 반대한 것은 무를 시험하기 위한 것이었다. 그가 훌륭한 전사라는 점을 의심하지는 않았지만 군대를 이끄는 장으로는 미심쩍은 구석이 있었다. 아무리 봐도 그의 나이가 너무 어렸던 것이다.

–우리 말은 그 땅을 달릴 수 있습니다. 눈이 다 녹고 굳은 땅이 풀리면 저들도 대비할 겁니다. 적의 마음이 흩어져 있을 때 치겠습니다.

무의 의견에 타당한 점이 있어 오셀롯과 그라스는 의미심장한 시선을 교환하고 출병을 허락했다. 무는 젊은이답게 흥분을 가라앉히지 못하고 부하들에게 명령을 내리러 떠났다.

–적으로 돌리기는 두려운 젊은이입니다.

–그래, 나는 저런 부류를 잘 안다네. 자기 부하들이 모두

죽어도 멈추지 않고 달려 목표한 상대의 목을 자르고 마는 인물이지. 만약 실패한다고 해도 마지막까지 그 눈으로 상대의 마음을 죽여 수명을 깎아 놓을 거야.

－전쟁이 끝나면 어떻게 하시겠습니까?

－루 도인에 대해서는 나도 생각이 있어. 그라스, 그대가 생각하는 것처럼 루 도인이 위험하지는 않아. 저들은 무력이 강하지만 정치를 하지 못해. 정치를 모르는 것들은 아무리 강해도 두렵지 않아.

－그러면 무엇이 두려우십니까?

오셀롯에게 다른 이가 그런 질문을 했다면 황제에게는 무서운 것이 없다며 호통을 들었을 것이다. 그러나 그라스에게는 오셀롯도 속마음을 털어놓고 싶었다. 그런 일이 없으면 끈끈한 충성이 금방 배신의 칼날로 돌아오게 되어 있었다.

－내가 두려운 건 팔라스, 내 사촌이자 황제인 사람이지. 그리고 작, 한때 나를 섬겼던 까마귀들의 수장이야. 저 제국을 삼키려면 둘을 이겨야 해. 둘은 내가 평생 만난 사람 중에서 가장 무너뜨리기 어려워.

－그렇군요.

그라스에게도 둘은 두려운 대상이었다. 그도 당당한 에젠 대공이자 제국 정예군을 오랫동안 다스린 사람인데 팔라스와 작 앞에서는 왠지 마음이 답답해지고 담대함이 사라져 자기 도 모르게 겁쟁이처럼 굴게 되었다.

–작은 우리 편이 아닙니까?

–그는 누구의 편이었던 적도 없어. 그리고 이번에는 날 방해할 낌새야. 어째서인지 알 수 없지만.

–정말 그 두 사람은 무서운.

–그러나 우리가 이길 거야.

그러고 보니 그라스가 두려워하고 위축되는 사람이 하나 더 있었다. 바로 그 앞에 서 있는 에젠 황제 오셀롯이었다. 그래서 오셀롯이 말을 자르고 승리를 확신한 순간 그라스 역시 막연한 두려움을 잠시 미루고 현실에서 전의를 다질 수 있게 되었다.

칼을 휘두르면 사람 눈에는 보이지도 않는다는 루 도인과 한때 제국 정예군이라고 불리던 군대의 다수, 그리고 놋의 군대에 마법사 왕국의 전사들까지 합류할 텐데 이걸 어떻게 막을 생각인가? 오셀롯은 사촌을 만나서 묻고 싶은 마음이 간절했다. 한 번이라도 그가 당황한 모습을 보고 싶었다. 어린 시절부터 팔라스가 침착한 척하며 건방지게 굴던 것이 못마땅해 맛을 보여 주겠노라고 벼르고 있던 참이었다.

–하지만 거꾸로 그 자식이 내 자리를 빼앗았지. 그 치욕은

반드시 갚아야 해.

그라스 시비스는 황제를 잘 알았다. 그가 혼자 중얼거리는 소리만 들어도 마음속 격랑의 상대를 알아차릴 수 있었다. 오셀롯이 전쟁을 일으켜 황제 자리를 되찾으려는 시도가 권력보다는 자존심의 문제라는 것도 짐작하고 있었다. 한 사람의 자존심이 때로 수백, 수천의 피를 흘리게 해도 되는지 누구나 의문을 품을 법한 일이었지만 에젠 대공 그라스는 위대한 인간에게 하찮은 인간을 이용할 권리가 있다고 믿었다.

그라스 시비스만 그렇게 믿은 것이 아니었다. 에젠 황제 아래에 있는 모든 귀족이 그렇게 믿었다. 심지어 이용당하는 처지에 있는 사람 중 상당수도 자기의 천한 몸이 주도권을 잃고 명령에 따르는 일이 부당하지 않다고 믿었다. 그들에게 그렇게 설파한 사람은 따로 없었지만 태어나서부터 물이, 공기가, 흙이, 태양이 그렇게 속삭인 것처럼 조금씩 피부로 스며든 사상은 자연적이고 합당하고 거부할 수 없고 영원한 진리로 자리 잡아 사람들의 마음을 제자리에 매어 놓았다.

예외는 오히려 사람 중에서도 가장 천하게 여겨지는 루 도인에게서 찾을 수 있었다. 그들은 인간 이하의 취급을 받는 것을 받아들이지 않고 탈출하기 위해 기꺼이 에젠 황제 오셀롯에게 힘을 빌려주기로 약속했다. 그들은 신분 제도를 거슬러 뚫고 올라가 귀족에 맞먹는 지위를 차지해 남들에게 존경받는 것이 실제로 가능하다고 믿고 있었다. 오셀롯에게는 매우 불쾌하게 여겨지는 사상이었지만 그들의 힘 없이 승리를 장담하기 어려운 상황에서는 일단 수긍해 주고 격려하는 쪽을 택했다.

루 도인 선발대는 100명씩 세 부대로 편성되었다. 루 도인은 150명을 한 단위로 삼는 것을 좋아했으나 모두가 익숙한 제국의 편제에 맞추어야 했다.

첫 번째 100명은 루 도인 중에서도 가장 뛰어난 자들로 대장군 무가 직접 지휘했다. 목적지는 제국의 수도였고 노리는 것은 황제의 목이었다.

두 번째 100명은 대장군 무가 가장 아끼는 수하 예가 이끄는 자들로 목적지는 젤레즈니였고 노리는 것은 젤레즈니 여왕 데네브의 목이었다.

세 번째 100명은 본래 에젠 황제 오셀롯을 호위하던 루 도인 수가 이끌도록 정해져 있었다. 그녀는 오셀롯이 가장 먼저 만난 루 도인이자 모든 계획을 떠올리게 한 장본인이었다.

그러나 수가 거부의 뜻을 보였다.

-저는 군대를 이끌 능력이 없습니다. 제게 적합한 역할은 여기 뒤에 서서 황제를 지키는 것입니다.

오셀롯은 그 대답이 마음에 들었다. 그래서 세 번째 100명을 이끄는 것은 매라는 이름을 가진 장수가 맡았다. 그는 에젠 대공의 눈에 잘 띄지 않던 자였으나 무가 그야말로 적임자라고 추천했다.

–그는 드러나기를 원하지 않아서 조용했을 뿐입니다.

세 번째 100명의 목적지는 애커였고 노리는 것은 물론 애커 왕의 목이었다. 오셀롯은 편을 정하지 않고 우물쭈물하는 애커 왕이 마음에 들지 않았다. 본보기로 삼을 필요가 있었다.

그라스 시비스는 그렇게 되면 애커를 적으로 돌리는 것이 아닌지 물었다. 에젠 황제는 고개를 저으며 그라스의 어깨를 두드렸다.

–에젠 대공, 이렇게 부르는 게 오랜만이군. 에젠 대공, 저들은 신보다, 도덕보다, 공동체보다 개인의 이익을 추구한다네. 왕이 죽었다고 복수를 하는 것이 저들에게 무슨 돈을 주겠나? 영혼을 팔고 그 대가로 돈을 받은 자들처럼 추한 인간이 또 없는 법이야.

그라스 시비스는 오셀롯의 말에 수긍하면서도 한 가지 더 궁금한 점을 물었다.

–스타인에는 루 도인 선발대를 보내지 않으십니까?

–여섯 조각으로 찢은 땅 한 조각도 겨우 다스리는 자에게

무슨 힘이 있겠나? 거리가 너무 멀기도 하고 말이야.

겨울 동안 에젠성의 안쪽 성벽과 바깥 성벽 사이의 땅은 단단하게 얼 틈이 없었다. 동물의 등에 오르는 것을 꺼리는 루 도인이 기마술을 익히는 훈련장이 된 덕분이었다. 이상 기후로 눈이 내렸을 때는 모든 병사를 동원해 흙에 눈 알갱이 하나도 섞이지 않게 다 치워 버렸다.

루 도인의 운동 신경이 발휘된 결과 출병을 앞둔 시점에는 모두가 말을 탈 줄 알게 되었다. 다만 여전히 안장 위에서 전투를 벌이는 것에 익숙하지 않아 이동 수단 이상의 의미는 없었다. 전투가 벌어지면 말에서 내려 두 발로 달려가야 했다.

대장군 무는 스스로 기마 전투에도 능하다고 생각했지만 짧은 겨울 동안 다른 병사들까지 자기와 같은 수준으로 만들 자신이 없었다. 그래서 그는 묘기와 같은 기술을 하나 만들어 모든 병사가 갈고닦게 명령했다. 처음 만나는 적이라면 원하지 않아도 뒷걸음질 치게 할 기상천외한 묘기였다.

루 도인 300명을 위해 준비된 제국산 말은 본래 에젠 땅에 주둔하는 제국 정예군을 위한 것이었다. 그중 튼튼하고 털에 윤기가 흐르는 것들만 추리고 또 추렸다. 성질이 날카로운 것들은 일부러 뺐는데 루 도인이 말을 다루는 일에 익숙하지 않은 만큼이나 말을 두려워하는 까닭이었다. 서로 다른 생명이 친해지기에 한 계절은 너무 짧았다.

마침내 모든 준비가 끝났을 무렵에도 에젠 땅에는 새벽마다 서리가 내렸다. 군데군데 눈이 단단히 뭉쳐 아직 녹지 않은 곳도 있었다. 그러나 언 땅을 뚫고 나오는 가느다란 녹색 실 같은 싹도 언뜻언뜻 보였다.

출병하는 날에는 예외적으로 바람이 따뜻했다. 사람들이 에젠의 바람이라고 부르는 훈풍이었다. 여름이 되면 사람의 피부를 바짝 말리며 수분을 다 빼앗아 가겠지만 당장은 반가운 존재였다.

루 도인이 제국 땅을 향해 달리는 것에는 특별한 의미가 있었다. 그들이 에젠성을 떠나는 순간 공식적으로 전쟁이 시작된다. 그런 의미 때문에 황제를 위한 단을 높게 쌓았다. 황제가 명령을 내리는 순간을 보기 위해 한때 제국 정예군으로 불리던 에젠의 병사들과 일반 백성까지 구경을 나왔다.

군인이 아닌 사람들의 마음은 두 갈래로 나뉘었다. 하나는 전쟁을 지지하는 쪽이었고 다른 하나는 어찌 되었건 상관이 없다는 태도였다. 반대하는 사람들이 많지 않은 데는 이유가 있었다. 지난가을부터 겨울 사이에 전쟁이 두려운 사람들은 에젠성을 떠나서 미리 피난을 갔고, 반대로 오셀롯을 열렬히 지지하는 사람들은 에젠성으로 몰려들었다.

높게 쌓은 단에 오른 에젠 황제 오셀롯은 모든 것이 흐뭇했다. 이제 나라를 되찾아서 진짜 황제, 참 적당한 표현인데 진짜 황제가 되기만 하면 그만이었다. 그 첫 단계가 루 도인 군대였다.

오셀롯에게는 따로 속셈이 있었다. 루 도인 선발대가 제아무리 뛰어난 인간들이라고 해도 암살에 성공할 확률은 희박했다. 셋 중 하나만 성공해도 기적에 가까운 일이라고 말할 수 있었다.

그러나 오셀롯에 맞서는 모든 지도자는 자기를 죽이기 위해 맹렬히 달려오는 루 도인 군대에 관한 꿈으로 잠을 설치게 될 것이다. 사람들은 결과에 상관없이 루 도인 암살자들이 왕을 죽였다고 떠들며 소문을 퍼뜨릴 것이다. 오셀롯은 사람들이 루 도인에 대해 품은 공포를 한껏 이용할 생각이었다. 그 와중에 루 도인이 죽어 나가는 것에는 마음을 두지 않았다.

오셀롯 앞에 선 대장군 무도 그런 속셈을 모르지 않았다. 루 도인의 지도자인 사제가 미리 일러둔 내용이 있었다.

-저들이 이룰 수 없다고 생각하는 불가능한 일을 해내거라. 반드시 그래야만 한다. 그러면 저들은 널 아끼게 될 거다. 네가 없으면, 우리가 없으면 전쟁에서 승리할 수 없다는 것을 알려 주어야 한다.

사제는 그렇게 말하면서 무의 뺨을 쓰다듬었었다. 아직도 그 감촉이 무의 뺨에 감돌았다.

-꼭 그렇게 하겠습니다, 사제님.

무는 회상 속에서 했던 것과 같은 대답을 가만히 읊조렸다. 옆에 서 있던 예와 매는 그를 제대로 쳐다보지 못하고 눈썹만 움직여 들었다는 신호를 보냈다.

황제가 손바닥을 펴 얼굴 앞에 대니 세 장수 무, 예, 매와 루도인 병사들이 가려졌다. 그 순간 에젠 황제는 어째서인지 라톤섬에서의 유배 생활을 떠올렸다. 사람 하나가 겨우 기어갈 수 있는 땅굴을 통과할 때 숨이 막히던 공포가 되살아나 그를 뒤덮었다.

옆에 선 그라스 시비스가 이상한 낌새를 눈치채고 부축하려 다가섰다. 다른 이들도 황제에게 시선을 집중하며 걱정하고 웅성거렸다.

에젠 황제는 손을 들어 모든 관심을 물리쳤다. 에젠 대공은 가만히 뒤로 물러났다.

숨을 가다듬은 오셀롯이 목소리를 높여 준비한 말을 시작했다. 그 공간은 극이나 웅변을 위한 것이 아니었음에도 모두 황제의 목소리를 듣고 이해할 수 있었다.

-저들을 보라. 저들은 우리의 군대다. 우리의 얼굴이다. 이

날은 영원히 기념할 날이 될 것이다.

그 자리에 구경 나왔을 뿐 오셀롯을 지지하지 않는 사람조차 저도 모르게 박수를 치고 휘파람을 불고 소리를 질렀다.

오셀롯은 소리가 잦아들기를 기다려 손가락을 앞으로 뻗었고 그의 눈에는 마치 자기의 손가락에서 루 도인 군대가 뻗어 나와 성문을 향해 당당히 행진하는 것처럼 보였다.

먼 훗날의 일이다.

-지난 전쟁에서 루 도인의 칼끝이

어째서 제국으로 향했던 걸까요?

루 도인을 박해하고 노예처럼 부린 이는 사실

제국 사람도 황제도 아니라고 밝혀지지 않았습니까?

-그게 폭력의 무섭고 재미있는 점입니다.

원인 제공자에게 돌아갈 때보다 엉뚱한 쪽으로

발산될 때가 더 많지요. 우리가 폭력을

눈먼 맹수라고 부르는 것에는 이유가 있습니다.

마구 휘두르는 발톱은 대상을 가리지 않습니다.

-결국 그 전쟁의 결과로.

-그 전쟁이 루 도인의 운명에

영향을 끼쳤다고 섣부르게 말하는 것은.

두 역사가는 거기까지 말하고

견해 차이를 확인한 다음 입을 굳게 다물었다.

XII

루 도인 땅에서 여러 뜻이 뭉쳐
새로운 연합이 결성된다

위대한 대족장, 족장들의 피를 이은 자, 모든 족장의 우두머리, 자애로운 아버지라고 불리는 아베로에스는 마타의 털을 빗겨 주느라 나와 있었다. 마타는 주인의 행동이 마음에 들지 않았는지 연신 침을 뱉었다. 목 관절이 유연한 동물은 아니라 정면에 서 있지만 않으면 봉변을 피할 수 있었다.

–이놈, 털은 빗으라고 있는 거다. 나조차 매일 수염 빗는 일을 게을리하지 않거늘 네가 무엇이라고 이렇게 삐딱하게 구느냐?

마타가 관절 부분에서 급격하게 꺾이는 뒷다리를 움직이는 모양을 보고 있으면 마치 주인의 말을 이해하는 것 같았다. 아베로에스가 마타의 털을 손질하며 잔소리하는 것은 매일 있는 일이었다. 사실 세상의 모든 마타가 털을 빗겨 주는 것을 싫어했다. 마타는 그 밖에도 싫어하는 것이 많아서 루 도인에 사는 사람들의 말에 마타는 싫어하는 것이 백 가지, 라는 말도 있었다.

마타는 유사 말과 낙타의 혼혈로 정확한 기원은 알 수 없지만 몇백 년 전부터 존재했다. 본래 말과 낙타는 교배가 가능한 동물이 아니니 괴물인 유사 말은 더더군다나 낙타와 후손을 남길 수 없었다. 그러나 몇백 년 전에 누가 마법이라도 부렸는지 유사 말과 말의 혼혈인 제국산 말이 등장했고, 그즈음에 마타도 모습을 드러냈다.

어쩌면 단 한 마리의 유사 말 돌연변이가 생겨나 모든 제국산 말과 마타의 아버지가 되었을지도 모르는 일이었다. 그렇게 보면 제국산 말과 마타는 먼 친척 관계였다. 사람들은 이런 생각을 무시했는데 마타는 아무리 보아도 대가리가 크고 멍청해 보이는 주제에 침만 뱉어 대는 모양이 명마 중 명마로 보이는 제국산 말의 늠름한 모습과 연결 짓기 어려운 탓이었다.

그러나 마타는 강인하고 제법 끈기가 있어, 제국산 말도 지치는 거친 루 도인 땅에서 오랫동안 인간의 동반자가 되어 주었다. 성질머리가 고약한 것이 흠이었지만 루 도인 사람이라면 누구나 마타가 머리를 좌우로 심하게 흔들며 침을 뱉는 것을 웃어넘길 줄 알았다.

아베로에스가 평범한 아침을 보내며 생각을 정리하고 있을 때 방해꾼이 찾아왔다. 그는 아베로에스에게 손님이 찾아왔다고 알렸다.

–손님? 이렇게 이른 아침부터 말이냐?

루 도인에 사는 사람들에게 아침부터 남을 찾아가는 것은 결례로 여겨졌다. 상대의 일상을 방해할 염려가 있어서였다. 그래도 굳이 왔다는 것은 무례한 바보거나 급한 볼일이 있다는 증거였다.

아침부터 바보를 상대하느라 마음에 생채기를 내고 싶지 않은 아베로에스는 차라리 급한 일이 일어났기를 바랐다. 멀찍이 서서 낯선 옷을 뽐내는 사람들은 모두 네 명이었다. 그러나 아침 먼지에 간지러운 눈을 비비고 다시 보니 세 명으로 줄어 있었다.

–손님이 모두 몇 분이냐?

부하는 새삼스럽다는 듯이 대답했다.

–셋인데요?

–남자 하나와 여자 둘인가?

–그렇습니다.

–넷은 아니겠지?

–절대로 아닙니다.

–확실한가? 저 뒤에 누가 숨어 있지는 않겠지?

–그런 일은 없습니다, 대족장님. 저기는 바위도 없는데 어

디에 숨겠습니까? 땅이라도 파고 들어갔을까요?

–알겠다. 이쪽으로 모시고 와라.

부하는 대족장이 마타의 침을 눈알에 정통으로 맞고 정신이 이상해진 것이 아닌가 의심하며 물러났다. 마타의 침을 맞으면 멍청해진다는 말이 실제로 있기도 했다.

아베로에스가 어젯밤에 잠이 부족했나 기억을 더듬어 보았는데 푹 자고 일어난 것은 확실했다. 어째서 그런 착각을 했는지 알 수 없었다. 손님들은 아베로에스의 고민을 아랑곳하지 않고 가까이 다가왔다. 확실히 셋이었다.

–어서 오십시오, 손님들. 먼 땅에서 이곳까지 수고를 무릅쓰고 오셨습니다. 제 거처로 안내할 테니 먼저 땀과 먼지를 닦으시고 시원한 음료로 목을 축이십시오.

아베로에스는 친절한 주인답게 손님을 안내하며 여자들 사이에 선 남자를 힐끗 보았는데 그에게서 풍기는 기운이 예사롭지 않음을 알 수 있었다. 한 명이지만 한 명이 아닌 것 같은 사람이었다. 이제야 그의 착각이 어디에서 기원했는지 알 수 있었다. 아베로에스는 아까 알리러 왔던 부하의 아둔함을 욕하며 내일부터 그에게 마타의 똥이나 치우게 해야겠다고 결심했다.

손님들이 건물 안으로 들어와 푹신한 침상에 등을 기대고 앉아 얼굴과 손을 씻고 음료로 거칠어진 목구멍을 달래기까지는 아무것도 묻지 않았다. 그것이 아베로에스가 손님을 대접하는 법도였다. 설령 적이나 악마가 왔을지언정 주인의 역할을 다하기까지는 정체를 묻거나 내쫓는 일이 없었다. 아버지의 자애로움은 피가 붉은 인간에게 모두 공평하게 적용되는 것이 마땅했다.

조금 전까지 지쳐 보였던 손님들은 열어 둔 창문으로 들어와 방을 한 바퀴 씻은 다음 나가는 시원한 바람에 기력을 되찾았다. 그러고 나서 그들은 급한 마음을 숨기지 않았다. 하기는 아침에 찾아온 사람들이니 당연한 일이었다.

아베로에스는 상대가 그렇게 굴수록 짐짓 여유로운 태도를 보였다. 오랜 경험에서 우러나온 대처 방법이었다.

–아침에 여기까지 오신 걸 보면 새벽에 출발하셨을 텐데. 어떤 용건이 네 분을, 아니, 세 분의 잠을 앗아 갔습니까?

아베로에스의 혀에서 나온 실수를 듣고 세 사람이 가시에 찔린 것처럼 몸을 움찔 떨었다.

–어떻게 아셨습니까?

남자의 왼쪽에 앉은 젊은 여자가 물었다. 그녀는 자기의 이름이 루비 카르멘이라고 소개했는데 흰 머리카락 사이에 붉은 다발이 군데군데 섞여 있었다.

-무엇 말씀이십니까?

-그는 하나인 동시에 둘입니다.

이번에는 남자의 오른쪽에 있는 여자가 말했다. 그녀는 루비 카르멘보다 나이가 들어 보였다. 위대한 조언자 아네시라는 이름을 듣자 아베로에스에게서 탄성이 나왔다. 그 이름은 루 도인 땅까지도 퍼져 있었다.

이어서 두 여자가 번갈아 가며 가운데 앉은 사람의 정체를 설명했다. 정리하자면 그는 마법사 왕국의 왕 라토의 동생 아리셀리스이지만 그 몸에 형의 정신이 깃들어 사실은 두 사람이나 마찬가지였다.

-처음 기다리고 계신 걸 보았을 때 얼핏 네 분처럼 보이기는 했습니다. 그러나 그런 일이 어떻게 가능합니까?

아베로에스의 의심은 자연스러운 것이었다. 루 도인 땅에 사는 사람들이 신비로운 일에 무지하지 않고 영혼의 존재를 믿기도 했지만 그와 같은 일은 들어 본 적이 없었다.

-우리 형제도 설명할 수 없습니다. 모든 일은 우리의 예상과 인식 밖에서 일어났습니다. 정신을 차리고 보니 둘의 생각이 연결되어 한 사람이나 마찬가지가 되었습니다.

라토, 혹은 아리셀리스가 직접 입을 열어 자신의, 혹은 자신들의 입장을 설명했다. 아베로에스는 그 목소리조차 두 사람이 함께 말하는 것 같은 인상을 받았다.

–참으로, 참으로 놀라운 일이군요.

아베로에스의 침착성은 거기서 반쯤 무너져 버렸다. 마법사 왕국의 왕이 죽거나 탈출했다는 소문이 아베로에스의 귀까지 들어왔지만 그는 대수롭지 않게 일축해 두었었다. 루 도인과 마법사 왕국의 거리는 멀지 않아도 서로 느끼는 심리적 거리는 제국의 동쪽에서 서쪽 끝보다 딱히 가깝지 않았다. 그러나 지금 눈앞에서 만나고 보니 마법사들이 지척에 산다는 사실을 실감할 수 있었다.

–저희가 찾아온 용건은 대족장님의 은혜를 필요로 하는 일입니다.

아리셀리스의 말은 여전히 아베로에스의 귀에 낯설었다. 몇 번 들어서 익숙해질 것이 아니었다. 목소리의 높낮이가 다른 두 남자가 조금도 다르지 않게 꼭 맞는 속도로 말해서 완전히 겹치면 딱 그런 목소리가 나올 것이다. 어쨌든 이 희귀한 증거 덕분에 아베로에스는 그들의 말을 처음부터 신뢰할 수 있었다.

–마법의 주인과 신의 대언자가 이 자그마한 땅을 다스리는 사람에게 받을 은혜가 있습니까?

–대족장님의 명성은 사방에 퍼져 있습니다. 여기 루 도인

이 전례 없이 평화로운 것도 그 덕분일 겁니다.

아베로에스가 감사의 뜻으로 턱을 가볍게 움직이는 것을 보고 라토와 아리셀리스는 말을 이었다.

–저희는 마법사 왕국에서의 반역을 피해 산을 뚫고 피난길에 올랐습니다. 그러나 저희가 머무는 땅은 엄밀히 말하면 에젠에 속하고, 또 사방이 뚫려 전임 황제와 마법사 왕국의 반역자가 언제든지 공격해 올 수 있습니다. 그래서 대족장님의 은혜를 입어 이 땅 한 귀퉁이를 잠시 빌릴까 합니다.

아베로에스는 손님들의 누추한 행색을 보며 잠시 생각에 잠겼다. 이야기의 진행으로 생각해 보건대 세 사람은, 아니, 네 사람은 모두 고귀한 신분이었으나 겨울 동안 마법사 왕국의 북쪽이자 루 도인 땅의 남쪽을 떠돌며 꽤 고생한 듯싶었다. 그런 겨울을 어찌어찌 견디고 봄이 다 와 가는 마당에 도움을 요청한 것에는 분명 이유가 있었다.

–얼마나 많은 사람이 마법사 왕국을 떠났습니까?

–우리 일행은 대략 어른이 400명 정도 됩니다.

에메랄드와 루비, 소수의 사파이어 가문을 통틀어 그 정도였다. 나머지는 밤새 벌어진 반역을 눈치채지도 못했고 아네시의 예언을 미친 소리로 듣다가 하루아침에 신세가 바뀌어 버렸다.

끝까지 새로운 권력에 저항하는 자 중에는 처형된 자도 있었다. 남은 사람들은 재산을 빼앗기고 신분이 강등되었다. 마법사 왕국에서 에메랄드와 루비의 색은 사라진 것이나 마찬가지였으니 이제는 네 보석만이 상징으로 남았다.

뒤늦게 정신을 차리고 힘겹게 탈출한 사람들에게서 그 이야기를 들은 라토와 아리셀리스와 루비, 어린 시절의 세 친구는 분개했지만 별다른 방도가 없었다. 무엇보다 라토와 하나가 되면서부터 아리셀리스의 힘은 예전처럼 함부로 사용할 수 없게 되었다.

–네가 우리의 결합이 감당할 수 없는 크기의 힘을 사용하면 우리가 다시 분리되고 우리 속에 담긴 세 기운, 알과 툰과 세가 바깥으로 뛰쳐나오며 폭발할 것이다. 우리의 목숨은 물론이고 마법사들의 유일한 희망도 사라지게 되지.

아리셀리스의 몸에 객식구로 들어앉은 라토는 미안한 기색 없이 그렇게 선언했다. 그는 유일하게 모두가 사는 방법을 선택한 것을 조금도 후회하지 않았다. 반대의 상황이었다면 아리셀리스는 수백 번 사과하고 끝내 미안한 마음을 떨치기 어려웠을 것이다. 둘은 쌍둥이지만 그렇게 달랐다.

라토와 아리셀리스는 한 몸 안에서 서로 대화를 나눌 수 있었지만 남들에게는 들리지 않았다. 외부의 대상에게 말할 때는 둘의 의지가 저절로 합쳐지는 것처럼 느껴졌고 목소리도 섞여서 나왔다. 둘 중 하나가 마음으로 거부하면 성대가 울리지 않았다. 그 신기한 작용에 대해서는 라토도 아리셀리스도 적응이 필요했고 아직 전부 이해하지는 못하고 있었다.

아리셀리스의 몸에 담긴 힘은 여전했지만 이제는 그 힘을 마음껏 사용할 수 없게 되었다. 동생은 어째서 형이 쇠약해졌는지 비로소 이해했다. 알과 툰과 세를 제어하는 것은 정신적으로도 육체적으로도 마법적으로도 항상 긴장을 풀 수 없는 일이었다.

–이렇게 힘든 일이라고는 생각하지 못했어.

아리셀리스가 토로하자마자 라토는 준비해 놓은 대답을 꺼냈다.

–마치 영원히 끝나지 않는 설사를 참는 것 같지 않니?

라토가 진지한 목소리로 농담을 던지니 아리셀리스는 웃음을 참을 수 없었다. 그런데 그 말은 사실이었다. 긴장을 놓치면 알과 툰과 세는 바깥으로 뛰쳐나가려고 했다. 누가 처음 사람의 몸에 심기로 계획했는지 몰라도 무모하기 짝이 없었다.

–툰과 세만 남았을 때는 안정이 무너져 제어하기가 더 힘들었어. 지금은 그나마 편해졌지.

아리셀리스의 힘 없이 마법사 왕국을 되찾는 것은 요원하고도 요원한 일이었다. 만약 라토와 아리셀리스가 합쳐지지 않았더라면, 그래서 아리셀리스가 마음껏 힘을 사용할 수 있었더라면, 다이아몬드 카분의 가소로운 반역은 하룻밤에 모두 진압되었을 것이다. 마법사 왕국의 누구도 감히 아리셀리스에게 덤비는 어리석은 짓을 하지 않았을 것이다.

이제 아리셀리스의 힘은 예전처럼 마음껏 뻗어나갈 수 없었다. 게다가 심하게 공격을 당하면 알과 툰과 세가 폭발할 위험도 있었다. 그래서 에메랄드와 루비의 잔존 세력과 위대한 조언자 아네시가 겨울 동안 마법사 왕국을 되찾는 대신 방황하게 되었다.

마침내 그들은 아베로에스라는 사람에게 초점을 맞추었다. 그리고 지금 그 앞에서 결단을 촉구하는 중이었다. 아베로에스는 일어난 일을 모두 알지는 못했지만 그들의 상황을 대략적으로는 이해하고 있었다.

봄이 되면 전쟁이 일어날 것이다. 말하지 않아도 서로의 눈빛에서 읽을 수 있는 사실이었다. 전쟁을 일으키는 주된 세력 중에 루 도인이 있었고 그렇다면 아베로에스가 거느린 사람들도 전쟁에 휘말리지 않을 수 없었다. 아베로에스는 그 상황에서 마법사들이 자기 사람들에게 어떤 이익과 손해를 안길지 계산해야 했다.

손님들을 쉬게 하고 하루 이틀 생각할 시간을 벌어도 좋을 것이다. 손님들은 거절하거나 재촉하지 못할 것이다. 그러나 아베로에스는 얼른 이 일의 결말을 짓고 싶었다. 그리고 사실 처음 제안을 들었을 때부터 이미 마음이 기울어 있었다.

불필요한 일처럼 느껴졌지만 아베로에스는 굳이 위대한 조언자에게 물었다.

–위대한 조언자는 모든 일에 합당한 대답을 전해 주신다고 들었습니다. 오늘 이 제안을 어떻게 받아들여야 하겠습니까?

–저는 이들과 운명을 함께하고 있습니다. 우리에게 유리한 방향으로 대답할 텐데요?

아베로에스는 웃음을 숨기지 않았다.

–신의 딸은 자기의 이익을 위해 말을 비트는 사람이 아닌 것을 알고 있습니다.

위대한 조언자도 웃음을 감출 수 없었다. 그녀는 웃음기가 채 사라지지 않은 눈을 감았다. 아베로에스와 라토와 아리셀리스와 카르멘은 잠깐 침묵을 유지해 그녀가 집중하도록 도와주었다. 시간이 얼마 지나지 않았는데 아네시가 극적으로 눈을 떴다.

아베로에스는 대답을 기다렸다. 아네시는 단호하게 전해야 할 말을 전했다.

–이들을 받아들이십시오.

아베로에스는 고개를 끄덕였다.

–그렇게 예정되어 있다면 제가 어떻게 그 물살을 거스르겠습니까? 여러분은 제 친구로서 환영받을 것입니다.

아베로에스는 거기까지만 말했지만 손님들은 모두 알고 있었다. 그는 위대한 조언자에게 묻기 전부터 마음을 굳혔다.

–이곳에서 북쪽으로 올라갈수록 여러분에게는 낯선 환경이 됩니다. 그러니 남쪽에 거처를 정하십시오. 사람들을 보내 기틀을 마련하는 것을 돕겠습니다.

아베로에스가 말하는 땅은 손님들이 머물기 적당한 장소였다. 그러나 다르게 생각해 보면 전쟁이 일어났을 때 아베로에스의 방패가 되어야 하는 곳이기도 했다. 라토와 아리셀리스와 카르멘은 결과에 만족했다. 아베로에스의 품속에 그들을 숨겨 달라고 하는 것은 무례하고 오만한 부탁인 동시에 지혜로운 대족장이 받아들일 리가 없는 조건이었다.

라토와 아리셀리스 형제가 이끄는 사람들이 루 도인으로 들어간 것은 마침 오셀롯이 손을 뻗어 루 도인 군대를 사방으로 보낸 바로 그날이었다. 물론 양쪽은 서로에게 일어난 일을 알지 못했고 큰 관심도 없었다.

며칠이 지나자마자 에메랄드와 루비와 사파이어 출신이 속속 에메랄드 형제에게 모여들었다. 사파이어는 루비와 가깝다는 이유로, 그동안 고상한 척하며 중립을 표방했다는 이유로 좋지 못한 취급을 받았다. 선택은 두 가지였는데 숨죽여 참거나 아니면 루 도인으로 온 사람들처럼 봄이 오기를 기다렸다가 탈출하는 것이었다.

–가스파르 님은 어떻게 되셨죠?

카르멘의 의문을 풀어 준 사람은 사파이어 중에서도 한때 유망했던 사람으로 그 모습이 낯설지 않았다.

–투옥되셨습니다.

루비는 가슴 깊숙한 곳에서 터져 나오는 한숨을 내뱉었다. 그녀에게 아버지와 같은 사람이 고생하는 것을 생각하면 마음이 거북한 것으로 모자라 바늘로 찌르는 것처럼 아팠다.

기존의 무리보다 새로 탈출한 사람이 더 많아서 이제 라토와 아리셀리스가 이끄는 무리는 어른만 천 명이 넘었다. 아베로에스는 그들의 수가 늘어나는 것을 위협으로 느끼기보다는 흐뭇하게 생각했다.

–내 목을 걸고 맹세하건대 그들은 우리에게 도움이 될 거야.

아베로에스가 그렇게까지 말하는데 불만을 제기하는 사람

은 없었다. 그리고 아베로에스는 자기 목 걱정을 조금도 하지 않았다.

루 도인에서는 어째서

통일된 세력이 나타나지 않는가에 대한

제국의 분석은 간단하다.

루 도인에 사는 사람들은 권위에 복종하기를 싫어하고

서로 협력하려는 마음이 없어서 분열하는 것이

내재한 속성의 자연스러운 발현이라는 것이다.

그러나 목소리를 높이지 못하는 소수는

느슨한 형태의 연합을 국가로 인정해도

좋지 않을까 생각하면서도 그들을 드러내 놓고

옹호하는 것까지는 거부한다.

XIII

애커로 달려간 루 도인 전사들이 피와 비명과 공포를 사방에 퍼뜨린다

에젠 황제로 등극한 오셀롯의 손가락에서 뻗어 나온 루 도인 군대는 세 갈래였다. 하나는 황제를 직접 노렸다. 하나는 애커를 노리고 나머지는 젤레즈니가 목적지였다. 역시 원하는 것은 지도자의 목숨이었다.

본래대로라면 제국을 노리는 것이 대장군 무이고 예와 매가 나머지 두 나라를 맡기로 되어 있었다. 그러나 길이 갈라질 무렵 예가 다른 의견을 내어놓았다.

－제가 제국으로 가겠습니다.

예는 허튼소리를 하는 사람이 아니었다. 무보다 나이가 두 배는 많아 턱수염이 무성하게 자랐지만 불충한 기운을 보이는 일도 없었다. 그런 사려 깊은 사람의 말이었기에 무도 무작정 호통을 치기보다는 신중하게 들었다.

－어째서인가?

－대장군은 우리의 희망이시고 황제를 치는 것은 임무 중

에서 제일 어렵습니다. 처음부터 가장 좋은 패를 가장 위험한 순간에 내는 사람은 이기지 못합니다.

−그러나 성공한다면 단숨에 전세를 확정 짓게 된다. 양쪽의 군대가 제대로 붙기도 전에 결판이 나는 셈이지.

−맞습니다. 그러나 그것도 그리 좋지 않습니다. 에젠 황제는 분명 대장군의 공을 질시하고 약속한 것을 지키지 않을 것입니다.

예의 말은 사실 사제가 당부한 것과 같았다. 황제를 믿지 마라. 그는 우리를 동지나 부하라기보다는 말귀를 알아듣는 무기로 생각할 것이다.

−우리는 잘 싸워야 하지만 너무 잘 싸우면 안 된다는 말이군요.

옆에서 듣던 매가 끼어들었다. 그의 말은 정곡을 찌르고 있었다.

−옳은 말입니다. 우리는 이 전쟁을 승리로 이끌어야 하지만 일등이 아니라 두세 번째 공을 세워야 합니다. 그래야 황제도 우리를 아끼고 약속한 내용을 이행할 겁니다.

예가 덧붙이자 무는 고심하는 표정이 되었다. 그럴 때면 여전히 소년다운 모습이 남아 있었다. 그러나 예와 매는 눈치채지 못한 것처럼 굴었다.

–내가 선봉을 맡아 기습해 적의 기세를 꺾는다고 했던 것도 실수였을까?

–그렇지 않습니다. 우리 루 도인은 분명 활약해야 하니까요. 대신 결정타는 황제나 에젠 대공이 먹여야 합니다. 우리는 옆에서 도우며 공을 양보해야 하고요.

무에게는 소중한 충고였다. 그는 단순히 적을 많이 베고 활약할 생각만 하고 있었다.

–정치라는 건 참으로 복잡하구나. 내게는 어울리지 않아.

–그러나 대장군이란 존재 자체가 이 전쟁에서 큰 역할을 하고 있습니다. 제가 생각하기에는 우리가 없었다면 에젠 황제도 반란을 일으키지 않았을 겁니다.

예의 추측은 정확한 사실을 겨냥하고 있었다. 오셀롯은 제국 수도의 창고에 숨어 햇빛으로 만들어진 기둥 사이를 떠다니는 먼지를 관찰하며 꽤 오랜 시간을 보냈다. 그래도 그에게는 아무런 해답이 없었다. 그가 창고 밖으로 나와 생명의 위협을 받으며 루 도인 경호원 수의 참모습을 확인하고 나서야 실타래의 한쪽 끝을 잡을 수 있었다.

이후로 그가 짜기 시작한 거대한 장막은 세상 어떤 거대한 성의 벽도 감당할 수 없을 만큼 넓었다. 거기에는 루 도인이라는 실이 군데군데 섞여 들어갔다. 루 도인이 없었다면 애초부터 성립하지 않는 작품이었다.

무는 쉽게 결론을 내리지 못했지만 한 가지는 확실했다.

-황제는 내게 군대의 편성에 대해서 따로 명령하신 적이 없어. 내가 반드시 제국으로 가야 한다고 말씀하신 적도 없지.

-대장군에게는 그 정도 권한이 있는 법이니까요.

그래도 무는 도끼를 내리치듯 단호한 결정에 다다르지 못하고 우물거렸다. 보다 못한 예가 제안했다.

-그러면 제비뽑기로 우리의 방향을 정하는 게 어떻습니까? 대신 한번 결정된 사항은 반대 없이 충실하게 따르는 것으로 하고요.

-그렇게 할까?

아직 풀이 길게 자라기 전이라 어디서 부러진 나뭇가지 세 개를 구해 왔다.

-번복은 없어. 만약 내가 제국을 뽑는다면 무조건 제국으로 달려갈 거야.

무의 다짐에 두 부장도 고개를 끄덕였다. 결과는 오래 기다릴 것도 없었다. 무는 젤레즈니로, 예는 애커로, 매가 제국으로 가게 되었다.

-제국을 공격하는 쪽이 가장 큰 저항을 맞게 될 거야.

-알고 있습니다.

무는 매의 과한 충성심을 걱정했다. 그는 목숨을 바칠 기세였는데 무에게는 매가 자연스러운 수명을 다할 때까지 필요했다.

–적에게 공포를 심어 주고 적절한 시점에 후퇴하면 돼. 그대가 황제의 목을 베면 우리는 대가를 받지 못할 수도 있으니까. 그리고 한 부대를 통째로 잃으면 우리에게는 너무 큰 타격이야. 반드시 병사의 태반을 살려서 돌아와야 해.

매는 무가 진정으로 말하고 싶어 하는 바를 알았다.

–그게 가장 중요한 임무야.

무는 굳이 한 번 더 매의 다짐을 받았다.

제비뽑기의 결과대로 무가 젤레즈니로, 매가 제국으로, 마지막으로 예가 애커로 말 머리를 돌렸다. 거리로 따지자면 젤레즈니가 가장 멀었고 애커가 가까웠지만 차이가 크지는 않았다. 상대의 입장에서는 동시에 세 군대가 쏟아져 나오는 것처럼 보일 것이다.

예는 내심 애커를 고르게 된 것이 마음에 들지 않았다. 제국은 말할 것도 없고 젤레즈니는 전에 침략을 당한 경험이 있어서 방비에 힘을 기울이는 난적이었다. 그러나 애커는 그렇지 않았다. 예가 알기로 그들은 돈으로 용병을 사서 나라를 지키면 된다고 생각하는 얼간이들이었다.

돈은 물론 소중하다. 그러나 목숨보다 소중하지는 않은 법이다. 돈으로 산 군대는 돈값만 다하면 그만이었다. 그들에게 충성심과 기개를 바라는 것이 기이한 일이었다.

역사를 보면 가끔 지나치게 충성스러운 용병들을 보게 되지만 그것은 보통 오랜 기간의 계약으로 맺어진 친교나 용병 집단의 엄격한 도덕심에 기반하는 것으로 어느 쪽도 애커가 처한 상황과는 거리가 멀었다. 당장 용병을 사려고 한다면 놋 왕국의 군대가 거의 유일한 선택인데 놋 왕 페누아는 에젠 황제를 지지하고 있었다. 아베로에스가 거느리는 루 도인 사람들은 옆 나라에 힘을 빌려주지 않을 게 확실했다.

설령 군대를 어찌어찌 산다고 해도 계약서를 작성하자마자 루 도인의 정예가 들이닥칠 것이다. 그렇다면 애커라는 나라는 이제 희망이 없었다. 예는 그것이 마음에 들지 않았다. 괜히 제비뽑기를 권해서 자기가 가장 쉬운 동시에 꼭 이루어야 하는 임무를 맡아 버린 것이다.

예는 반드시 애커 왕의 목을 베겠다는 각오로 말을 달렸지만 한 계절의 훈련만으로 모두가 승마의 달인이 될 수는 없는 노릇이었다. 루 도인은 빠르고 강했고 운동 신경이 뛰어났다. 그래도 병사들은 때로 말보다 먼저 피로감을 호소했고 가끔 믿을 수 없게 낙마하는 사고도 있었다.

어쩔 수 없이 예는 속도를 늦추었고 그래서 그의 군대는 예상했던 기간을 넘은 다음에야 확실히 애커라고 말할 수 있는 땅으로 접어들었다. 부하들은 보이는 사람들을 족족 죽이는 것이 어떻겠느냐고 권유했다. 그들이 피에 굶주려서는 아니고 공포를 심어 주는 것이 목적이었다. 그 순간 애커 사람들은 하나의 인격체가 아니라 그저 베면 피를 흘리는 몸뚱어리로 취급되었다.

예가 반대한 것도 인도적인 차원에서 나온 결정이 아니었다. 그들은 애커에서 동요가 일어나기 전에 곧바로 수도를 향해 달려야 했다. 아무리 애커의 방비가 허술하다고 해도 시간이 지나면 저항이 강해지게 되어 있었다.

–어떤 종류의 혼란이라도 일으키는 자는 내가 직접 처단하겠다. 너희들은 내가 명령할 때까지 그저 내 뒤를 따라서 달리면 된다. 약탈도 폭력도 전부 금지다.

제국 사람들이 보기에 루 도인은 제대로 교육받지 못하고 태생부터 야만적인 사람들이었다. 그러나 그들은 한 가지 측면에서는 확실히 제국 사람보다 뛰어났는데 목표가 있을 때 지도자의 명령에 따라 협력하는 능력이었다. 지도자의 폭력에 굴종하면서도 한편으로 그를 멸시하는 제국에서는 그런 일이 좀처럼 일어나기 어려웠다.

애커는 상인들의 나라였고 때로 커다란 상단이 길을 달리는 것이 드문 일은 아니었다. 그를 위해 제국 수도와 비교해도 뒤지지 않을 널찍한 도로를 뚫어 놓았고 그 도로가 왕성까지 일직선으로 연결되어 있었다. 가끔 지형 때문에 구불구불해지는 경우도 있었지만 그 정도면 곧게 뚫렸다고 말해도 과장은 아니었다.

예가 이끄는 군대는 두건을 쓰고 몸을 가렸으니 겉으로 보아서는 정체를 알기 어려웠다. 그들의 무기는 당연히 품속에 숨겨져 있었다. 애커 사람들은 백여 명이 일사불란하게 달리는 장관을 구경하면서도 그들이 자기 나라에 끼칠 영향에 대해서는 알지 못했다. 누구도 예의 앞을 가로막고 정체를 묻지 않았다.

시내를 가로지르는 동안에는 속도를 조금 늦추었는데 그렇게 하지 않으면 소동을 일으킬 우려가 있었다. 따분한 행진을 견디지 못하고 부하가 물었다.

–어째서 구경만 하고 아무도 저항하지 않는 걸까요?

–우리가 누구인지 모르기 때문이다.

–누구인지 모르면 일단 막는 것이 인간의 본성이 아닙니까?

예는 구경꾼들, 확실히 루 도인보다는 윤택한 생활을 해서 얼굴에 윤기가 흐르는 사람들을 보며 대답했다.

-저들에게는 우리의 목적을 모르고 막았다가 방해꾼으로 취급받지 않는 것이 훨씬 중요해 보인다. 그러면 흐름을 끊는, 분위기를 파악하지 못하는 자가 될 테니까. 모두 우리에 대해 궁금하게 생각하지만 선뜻 먼저 나서서 진행을 멈추게 할 용기는 없는 거다. 차라리 가만히 있으면 실수하지 않고 군중의 한 사람이 될 수 있으니.

-멍청하군요.

-그렇지 않다. 저들은 그렇게 만들어진 세상에서 살 뿐이다. 우리가 루 도인에서 살아온 삶이 저들보다 낫다고 말할 수 있느냐?

예의 힐책이 부하의 입을 죽은 조개처럼 다물게 했다.

평지에서 나란히 걷고도 남았던 길은 급격하게 좁아졌다. 애커 사람들도 거기서만은 어쩔 수 없었던 것이 좌우로 날 선 절벽이 방벽처럼 막고 작은 틈만 내어 주고 있었다. 말 탄 사람이 겨우 통과할 수 있는 너비였다. 더 큰 물건을 옮기기 위해서는 멀리 우회하는 길이 따로 있었다.

예는 그 길에 대해 알지 못했고 설령 알더라도 시간을 절약하기 위해 일렬로 통과하는 쪽을 선호했다. 그는 생각했다. 만약 여기에 방비를 위한 문을 만들어 두고 병력을 배치했다면 아무리 우리가 강하다고 해도 통과하느라 고전했을 것이다. 자기들이 침략당했다는 사실을 알아차리고 군대를 정비할 시간을 벌 수 있었을 것이다.

반대편에서 오던 사람들은 예의 일행을 보고 뒤로 한참 물러나서 반대편 입구로 나간 다음 길을 비켜 주었다. 저렇게 많은 사람이 움직이는 것을 보면 분명 중요한 일을 하는 사람일 텐데 내가 괜히 방해할 수는 없다. 모두가 약속한 것처럼 그런 생각을 하고 있었다.

입구로 나가니 길은 다시 넓어져 이전과 같은 모양이 되었다. 예는 거기서부터 왕성이 보이는 것을 확인했고 더는 천천히 달릴 필요가 없음을 알았다. 명령과 함께 군대는 맹렬하게 달리기 시작했다. 역시 애커 사람들은 그들의 급한 용무를 위해 길을 비켜 주는 쪽을 택했다.

이 적대적인 집단의 행동에 처음 의심을 품은 것은 애커 왕의 성을 경비하는 파수꾼 중 하나였다. 그는 멀리서 소란스럽게 달려오는 낯선 무리를 보고 상관에게 보고했다.

상관은 귀찮은 듯이 나왔다가 귀찮은 일이 생겼음을 직감하고 미간을 잔뜩 찌푸렸다.

–천천히 와도 될 일을 왜 저렇게 급하게 온단 말인가?

–혹시 적대적인 집단은 아니겠지요? 도적이라든가?

-말도 안 되는 소리. 도적이 여기까지 오면서 사람들을 해쳤으면 우리 귀에 들어왔을 것이다.

잔뜩 거드름을 피우며 말했지만 실상 그가 할 수 있는 일은 거의 없었다. 더 높은 사람에게 보고하고 명령을 기다려야 했다. 즉각적인 조치를 취하려면 아직도 보고 단계가 두 개 정도 남았는데 보고를 받는 사람이 자기 사무실에서 가만히 기다리기만 하는 것이 아니라 시간이 더 지체되었다. 예는 그런 사정을 몰랐지만 망설임 없이 성에 가까워졌다.

제국만큼 춥지는 않아도 겨울의 에젠 역시 아침저녁으로 심히 쌀쌀한 탓에 제대로 풀리지도 않은 근육으로 타고 태우느라 사람과 말 모두 고생했었다. 그래도 마상 전투는 여전히 불가능했지만 새로운 기술을 하나 익힐 수 있었다. 보통 사람의 신체 능력으로는 어려운 일이었고 루 도인에게만 가능한 기술이었다. 예의 군사들은 애커에서 처음으로 그 기술을 선보일 참이었다.

예의 무뚝뚝한 얼굴과 심장도 그때만큼은 조금 느슨해졌다. 누군들 이 상황에 흥분하지 않을 수 있을까. 예는 그렇게 생각하며 명령을 내렸다.

그와 동시에 백여 명의 루 도인이 얼굴을 둘둘 싸맨 천을 벗어 던지고 품속에 감추어 두었던 무기를 꺼냈다. 날카롭게 벼린 쇳덩이들은 보기만 해도 살을 베인 것처럼 아린 느낌이 들게 했다.

–가자.

그즈음이 되어서야 성을 방어하는 병사들이 사태를 알아차렸다. 그러나 사실 그들이 지키고 있는 건물은 성이라고 부를 만한 것이 못 되었다. 외부의 벽은 사람의 키는 훌쩍 넘었지만 방어보다는 외부의 시선을 가리고 경계를 짓는 것이 더 큰 목적이었다. 군사적인 용도의 건물은 사람들에게 위압감을 주기 때문에 처음부터 그렇게 지어 놓았다.

그렇다고 애커 왕의 선조를 탓하기도 어려운 것은 제국이 군대를 갖추고 질서를 유지해 주는 상황에서 그들에게 쳐들어올 세력이 있으리라고는 생각할 수 없었다. 성이 처음 지어질 때는 확실히 두텁고 높은 벽과 방어 시설이 부적절한 신호로 해석될 수 있는 시기였다. 스타인이야 혹시 모를 북쪽 산에서의 침입에 대비한다고 쳐도 애커에 어째서 군사 시설을 만들어야 한단 말인가. 나중에 제국을 상대로 전쟁을 벌이겠다는 신호를 보낼 생각이 없다면 도적이나 막을 낮은 담장을 세우는 것이 지혜로웠다.

그러나 지혜는 영원히 한 가지 해결책을 고집하는 법이 없으니 시대가 변한 지금 애커 왕은 보금자리의 무력함 때문에 생명의 위기를 맞게 되었다. 맹렬하게 달리던 말들이 마중 나온 애커의 병사들 앞에서 속력을 늦추었다. 본래대로라면 그대로 밀고 나가는 것이 올바른 전법이었지만 루 도인 군대는 그럴 능력이 없었고 충돌하는 상황을 오히려 두려워했다.

–가라.

예의 명령은 짧고 날카로워서 집중해서 듣지 않으면 날아가는 새처럼 금방 지각에서 사라졌다. 그러나 루 도인 병사들은 대비하고 있었다. 그대로 말에서 몸을 날려 적에게 쇄도해 들어갔다. 예상하지 못했던 공격에 방어군이 피를 흘리며 순식간에 쓰러졌다.

이것이 겨우내 대장군 무와 예가 힘을 합쳐 생각해 낸 해결책이었다. 말을 타고 싸울 수 없다면 적어도 착지를 그럴듯하게 해서 적이 이상하다고 생각할 겨를을 주지 말아야 했다. 루 도인은 사슴처럼 탄력이 좋았기에 속도를 늦춘 말에서 멋지게 몸을 날려 상대의 몸에 칼을 박을 능력이 있었다.

–나는 이해할 수 없어. 저런 묘기를 부릴 수 있는 자들이 어째서 말 위에서 싸우는 건 못 한다는 말이지?

루 도인치고는 드물게 말을 잘 타는 무는 그 기묘한 훈련을 볼 때마다 머리를 설레설레 저었다.

–우리는 어쩌면 다른 생명의 숨결에 너무 민감한지도 모

르겠습니다. 그래서 그 위에 올라타는 것이 두렵고 몸이 긴장으로 굳어 평소와 다르게 둔해지는 것이겠지요.

누가 말했는지 생각이 나지 않지만 무는 그 대답을 마음에 들어 했었다. 우리는 생명에 민감한 존재야. 그는 마음속으로 그 말을 반복해서 새겨 두었다.

애커 성에 침입한 루 도인은 흐르는 물처럼 거침없이 진격해 들어갔다. 가로막는 사람은 베었고 숨는 자들은 일단 내버려 두었다. 관대해서가 아니라 왕을 찾는 것이 급선무라서였다. 왕을 죽이면 목표는 달성이었다.

애커 왕은 소동에 놀라 피신했다가 마구간 한쪽 구석에서 발견되었다. 그는 무명의 루 도인 전사 앞에서 저항을 포기하고 항복을 외치려고 했지만 단어의 절반을 말하기도 전에 피를 흘리며 생을 마감했다.

이날 다른 생명의 숨결에 민감한 루 도인이 저지른 학살은 어떤 역사가도 기록으로 남기는 것을 거부하고 싶을 만큼 끔찍했다. 그리고 소문은 어찌 된 일인지 사람이 달리는 것보다 빠르게, 어쩌면 제국산 말에 못지않은 속도로 퍼졌는데 마치 바람이 그 소식을 대신 전달한 것 같았다.

죽은 애커 왕은 자식을 남기지 않았다.

루 도인이 휩쓸고 지나간 자리에 남은 사람들은

300년 전 나라를 세운 사람의 후손을 찾는 대신

급히 새로운 혈통의 지도자를 뽑았다.

그는 왕으로 불리기를 거부했고

애커가 다시 평화로워지면

상인의 신분으로 돌아가겠다는 소망을 피력했다.

XIV

매의 군대가 제국 수도를 목전에 두고 장애물을 만나 진격을 멈춘다

제국의 귀족 중에는 아크마트에게 대공이라는 수식어를 붙이기 거부하는 사람이 많았다. 대공은 사실 에젠 땅 정도의 영토를 다스리는 인물에게나 붙는 것인데 저 멀리 산골짜기 마을인 스타인에 대공이 여섯이나 있다니 농담으로 쳐도 과한 구석이 있었다.

게다가 아크마트는 출신 지역 문제를 달고 다녔다. 그는 제국을 벗어나도 한참 벗어난 루 도인 땅 끝자락에서 태어났다. 루 도인에서도 변두리라 소위 말하는 대족장의 통치가 미치지 않는 험한 땅이라고 했다.

부모가 제국 사람이지만 간혹 제국 밖에서 태어나는 사람들이 있었다. 그런 경우에는 넓게 봐서 제국 사람이라는 인정을 받았으나 아크마트는 그런 변명과도 어긋나는 인물이었다. 그는 조상 때부터 루 도인에 터를 잡은 사람들의 자식으로 제국과 연관이 없었다.

그가 어떻게 두 황제, 오셀롯과 팔라스의 눈에 들어 출세 아닌 출셋길에 들게 되었는지 자세한 내막은 숨겨져 있었다. 아무도 들추고 싶어 하지 않아서가 아니라 황제가 석상처럼 입을 다물고 있으니 알아낼 방도가 마땅히 없었다. 무슨 수를 써서라도 아크마트의 약점을 잡고 싶은 이들은 까마귀들의 수장 작을 찾아가서 물었다.

–작 님께서는, 모르는 것이 없는 분이지 않습니까? 작 님께서는, 저 아크마트란 자가 실제로 어디 출신이며 어쩌다가 황제께서 미천한 자에게 은총을 베푸셨는지 아십니까?

작은 알았는가? 그는 물론 알았다. 알지만 끝내 말하지 않고 항상 뜸만 들였다. 그는 묻기만 하면 대답해 준다는 저 싸구려 조언자처럼 될 생각이 없었다.

이 조언자라는 여자는 제국으로 돌아오기만 하면 작이 보낸 암살자들을 맞이해 땅에 피를 전부 쏟아야 할 사람이었지만 당장 처리해야 할 문제는 아니었다. 전쟁이 끝나면 그녀가 도망간 땅, 마법사 왕국까지 사람을 보낼 생각이었다.

–아크마트의 과거가 왜 궁금하십니까? 그의 출신이 어떠하든지 간에 황제의 도구로 유용하게 쓰임을 받고 있는데요. 유능한 황제는 손잡이를 금으로 두른 무기뿐 아니라 나무 표면이 반들반들하게 닳은 쟁기도 농부처럼 익숙하게 쓸 줄 아

는 법입니다.

그런 식으로 말할 때마다 작은 평소보다 흥분한 기색을 보였다. 그는 위대한 구석을 찾아볼 수 없는 조언자를 증오하는데다가 실은 아크마트조차 싫어했으니 두 사람을 동시에 떠올리기가 괴로워서였다.

–하기는 황제의 유용한 도구이기는 합니다.

이야기는 항상 그런 식으로 진행되었다. 아크마트의 출신을 생각해서 경멸하는 자들도 그를 함부로 대하지 못하는 것은 직접 만났을 때 그가 풍기는 위압감과 함께 그가 실제로 유능한 신하인 탓이었다. 작조차도 그것만은 부정할 수 없었다.

아크마트는 주변의 질시 때문에 황제의 곁에 머물며 보좌하는 자리를 얻지 못했다. 대신 믿을 수 있는 사람을 멀리 보내야 하는 상황에는 언제나 황제의 선택을 받았다. 오셀롯이 레푸스의 아버지 무스텔라가 다스리던 스타인 왕국을 순식간에 점령할 수 있었던 것도 아직 지위가 낮은 아크마트의 보고서에 전적으로 의존한 덕분이었다.

황제가 바뀐 지금도 그는 아크마트 공국의 대공으로서 스타인을 잘 요리하고 있었다. 레푸스가 불온한 움직임을 보일 때도 제국 병사들의 피를 단 한 방울도 흘리는 일 없이 스타인 안에서 내분을 일으키는 걸로 마무리했다. 전쟁을 앞두고는 스타인이 제국을 위해 싸울 군대를 보내게 했다. 대신 그들의 독립을 약속했다지만 전쟁이 끝나면 상황은 또 얼마든지 바뀔 수 있었다.

작의 회피적인 대답 때문에 사람들은 그가 드물게 좋아하는 사람의 목록에 아크마트가 들어가는 것이 아니냐고 추측했다. 작 입장에서는 그것만으로도 충분히 화가 나는 일이었지만 아무리 까마귀들의 수장이라고 해도 떠들기 좋아하는 자들의 입을 모조리 막을 수는 없는 노릇이었다.

지난겨울 동안 작은 까마귀들이 물어 오는 정보를 모으고 분석하면서 전쟁의 승산이 거의 반반이라는 결론을 내렸다. 그가 전적으로 팔라스 황제의 편을 들었을 때 그랬다. 만약 작이 당장이라도 오셀롯의 편을 든다면 제국은 한 달도 버틸 수 없었다. 당장 까마귀 발톱들을 풀어 제국의 주요 요인을 죄다 죽여 버리기만 해도 황제는 수족이 잘리는 것이나 마찬가지였다.

루 도인이지만 약을 먹어서 정체를 감추고 있는 작으로서는 자신을 추방한 루 도인을 증오하는 마음을 거둘 생각이 전혀 없었다. 그래서 오셀롯의 승리가 루 도인의 승리가 되는 상황이 마음에 들지 않았다. 그가 개인적으로 데리고 있던 수를 오셀롯에게 보낸 것이 실수라면 실수였다. 오셀롯은 루 도인

수의 믿을 수 없이 날렵한 몸놀림을 보고 반란이 성공할 가능성을 처음 떠올렸던 것이다.

－그렇지만 수를 빼고는 믿을 만한 사람이 없었어. 오셀롯도 아직 죽어서는 안 되었거든. 혼자서 그의 생명을 지킬 수 있는 사람이자 언제든 그를 죽일 수 있는 사람이 수 말고 또 있겠나?

작이 말하는 대상은 사람도 짐승도 아니고 화분 안의 작은 식물이었다. 온통 회색과 검은색으로 채워진 그의 방에 어울리지 않게 푸름을 뽐내며 작지만 길쭉하고 뾰족한 잎들을 높이 세우고 있었다. 빛이 닿지 않아도 잘 자라고 물을 주지 않아도 몇 달은 버티는 이 식물은 일 년에 한 번 붉은 꽃과 열매를 내었다. 그 모습은 작이 젊은 시절 사막에서 만난 복숭아와 똑 닮아 있었다.

다른 생명과 연결되기를 싫어하는 작이었지만 우연히 이 식물을 발견하고는 망설임 없이 구매해 방에 들여놓았다. 식물은 그에게 과거의 상처와 고통을 떠올리게 하는 동시에 말 상대가 되어 주었다. 까마귀들의 수장 작은 귀가 없는 생명에게만 자기의 속마음을 털어놓을 수 있었다.

－일단은 팔라스의 편을 들어 균형을 맞춰야 해. 당장 루 도인에게 승리를 안겨 줄 수는 없으니까. 그러나 루 도인이 전쟁

과 상관없는 존재가 되면 언제든 두 황제의 목숨을 놓고 저울질할 수 있어. 내가 선택한 사람이 황제가 되는 거지.

루 도인에게 복숭아라고 불리는 전설의 식물과도 다르고 제국의 복숭아와도 다른 작의 동무는 겨울이 되면 항상 꽃을 피우고 그 안에 열매를 맺었다. 척박한 환경이 되어야 열매를 주는 것이 작이 젊은 시절에 만난 복숭아와 비슷하기도 했다. 작은 그답지 않은 호기심으로 조그맣게 열린 열매도 맛보았는데 시큼하기만 할 뿐 젊었을 때 그의 생명을 구해 준 열매와는 딴판이었다.

작이 유일한 친구와의 대화를 마치고 건물 꼭대기에 있는 숙소를 나와 아래층의 집무실로 들어섰을 때 그를 기다리는 손님이 있었다. 그 사람의 존재는 작에게 달갑지 않았다.

–아크마트 대공.

아크마트는 자기의 영지가 아니라 제국으로 돌아와 그를 보고 환히 웃고 있었다. 그 웃음이 억지로 꾸민 것이 아니라서 작은 더 마음에 들지 않았다.

–여기에 어떻게 오셨습니까?

–공과 상의할 것이 있어서 왔습니다.

아크마트는 작을 이름 대신 존칭으로 불렀다. 지극한 공손함이었지만 작은 그것도 마음에 차지 않았다.

분명히 작의 까마귀들은 아크마트 공국의 주인이 부재중인 것을 확인했을 것이다. 그리고 그 보고는 작에게 곧바로 날아오게 되어 있었다. 아크마트는 재빠른 제국산 말을 타고 최소한의 수행원으로 달려 소식이 미처 도착하기도 전에 작에게 먼저 나타났다. 의도한 일이 아니라고 추측하는 순진함은 작에게서 이미 오래전에 사라져 머물렀단 증거조차 없었다.

-영지를 비워도 괜찮습니까?

-거기는, 믿을 만한 부하에게 맡겼고 또 아들이 있습니다.

-갈색마을의 모제스 말이군요.

당신의 아들에 대해서도 전부 알고 있소, 그런 암시가 들어 있었다. 아크마트는 아들의 존재를 제국에 공식적으로 밝힌 적이 없었다.

-그렇습니다.

아크마트는 작이라면 알 수도 있다고 전부터 생각해 왔기에 당황하지 않았다.

-그렇다면 누가 공격해도 빼앗기지는 않겠군요.

-스타인에는 이제 제 성을 공격할 세력이 없습니다.

-지금은 그렇지요.

아크마트는 작의 말이 부드럽지 않은 것을 심상하게 여겼다. 그가 사람을 싫어하는 것은 널리 알려진 일이고 아크마트

본인을 그보다 조금 더 싫어하는 것은 특별한 일이 아니기도 했다.

–실은 한 분이 더 오셔야 합니다.

아크마트가 말한 사람은 반 시간이나 더 지나서야 나타났다. 그때까지 작은 침묵으로 아크마트를 불편하게 만드는 작전을 고수했고 아크마트는 몇 번 입을 열려다가 손님답게 주인의 뜻을 따르기로 했다.

–황제가 잠시 부르셔서 늦었습니다.

나타난 사람의 변명은 변명 중에서도 가장 상급에 속하는 것이었다. 황제가 불렀다는데 이의를 제기할 사람은 없었다. 그리고 돌아가는 상황으로 보나 말하는 사람의 인품으로 보나 그 속에 거짓은 없었다.

작과 아크마트를 찾아온 사람의 옷은 멀리서 보면 평범한 제국 정예군의 복장과 일치했다. 그러나 자세히 보면 색은 같아도 가죽이 더 고급스러운 소재이고 칼라의 가장자리에 금색 실로 보일 듯 말 듯 수를 놓은 것을 확인할 수 있었다. 이 사소한 차이는 그가 고위 장교라는 사실을 잔잔하게 웅변했다.

그러나 그를 고위 장교라고 부르는 것은 어쩌면 모욕이 될 수 있었다. 그는 제국 정예군의 절반을 다스리는 사람이었다.

성을 따라 바실 장군으로 불렸는데 이름은 가까운 사람들을 제외하고는 거의 알지 못했다.

바실 장군은 제국의 다른 장군들과 다르게 젊은 시절의 호리호리한 몸매를 유지하고 있었다. 사교에 집착하지 않는 절제된 삶이 내리는 축복이었다. 그는 나이보다 열 살 넘게 더 젊어 보여 50대 초반으로 봄 직했다.

황제와 무슨 이야기를 나누었습니까? 작과 아크마트가 물으려는 것은 똑같았다. 바실 장군은 질문이 들어오기 전에 선수를 쳤다.

-황제께 병력의 배치 문제에 대해서 보고를 드렸습니다. 적의 주력이 어느 쪽 길을 택할지에 관해서 의견이 나뉘었지요. 황제는 지난번에 전쟁의 제단을 집적거렸듯이 남쪽 해안을 따라 진격한 다음 북상할 것을 예상하셨고 저는 마곤에서 놋과 합류해서 쳐들어올 거라는 의견을 드렸습니다. 작 님의 생각은 어떠십니까?

-저는 군대의 운용과 배치에 대해서는 아는 것이 없습니다. 다만 저쪽이 어떤 길을 선택하더라도 까마귀들이 관찰하고 알려 줄 겁니다.

작은 일부러 아크마트를 보면서 눈살을 찌푸렸다. 한두 시간이 지나면 까마귀들의 보고가 날아들 것이다. 아크마트 대공이 자기 땅을 떠나서 제국으로 진입했습니다. 아크마트 대공이 서둘러 온 것은 작의 까마귀들이 완벽하지 않은 것을 알고 있다는 선언일 수 있었다.

–오늘 두 분을 모신 것도 사실 그 때문입니다.

아크마트는 작의 시선을 일부러 무시하고 말을 꺼냈다.

–우리는 지금 병력을 배치하기 전에 방비 계획을 부지런히 짜고 있습니다. 아직 겨울이 완전히 끝나지 않았으니까요. 그러나 제가 모셨던 오셀롯, 전임 황제라면.

굳이 그 이야기를 하는 바람에 듣던 두 사람은 작은 충격을 받았다. 아크마트는 정말로 거침이 없는 사람이었다. 정중함은 그의 과격함을 숨기기 위한 위장에 가까웠다.

–그는 우리가 대비하지 못했을 때를 노려 선공을 시도할 겁니다. 아직 겨울이 끝나지 않았다지만 말은 달릴 수 있습니다. 이 틈을 노려 선봉을 보내 우리의 혼란을 유도할 수 있습니다. 특히 적에게는.

–루 도인이 있지요.

작이 루 도인을 입에 담을 때마다 그 목소리가 살짝 떨린다는 것을 눈치채는 사람은 없었다. 작의 말이 칼날처럼 날카로워 듣는 사람의 주의를 흩트려 놓는 덕분이었다. 작의 떨림은 두려움이 아니라 깊이 간직한 분노에서 나왔다.

–그렇습니다. 우리 제국 사람들은 루 도인을 악마와 동일시하고 있더군요. 그들을 보내 기선을 제압하려고 나설 수 있습니다. 그야말로 오셀롯다운 수법이 아닙니까?

–옳은 말씀입니다.

바실 장군이 동의했다. 작은 더 이야기하라는 듯이 가만히 있었다.

–만약 그가 혼란을 유도해서 결과를 얻고자 한다면 우리는 황제와 수도의 방비 태세를 높여야 합니다. 지방에서 소요를 일으키는 것은 내버려 두어야겠지만요. 그래서 두 분을 뵙자고 했습니다. 우리가 계획을 짠 다음 황제 앞에 나아가야 합니다.

엄밀하게 말하자면 아크마트 대공이 자기 영지에서 나와 작과 바실을 불러 상의하는 것은 월권에 해당했다. 그러나 누구도 그걸 지적할 생각은 없었다. 아크마트는 충성심 때문에 나섰고 황제는 관대하게 넘어갈 것이다.

이어진 논의는 제법 길었다. 그들은 회의 끝에 점심을 먹고 물린 다음 해가 질 때까지 자리를 떠나지 않았다. 작은 까마귀 발톱 2소대와 3소대를 내어 주기로 했다. 그가 거느리는 병력의 전부였다.

바실 장군도 제국 정예군이라는 이름에 숨겨진 진짜 정예를 따로 준비시키는 것에 찬성했다. 한 부대는 기마병이었고 다른 부대는 두꺼운 갑옷으로 특별히 무장한 보병이었다.

세 사람은 그날 저녁 황제를 알현했다. 황제는 아크마트의 출현에 놀라고 그의 걱정이 과하다고 주장했지만, 여러 신하들의 설득을 못 이기는 척 받아들였다.

다음 날부터 제국 수도가 방비 태세로 변하는 것을 그 안에 사는 사람이라면 누구나 눈치챌 수 있었다. 며칠 뒤 약속이라도 한 것처럼 작의 까마귀들이 다소 어설프지만 매섭게 제국을 가로지르는 기마병 한 떼를 관찰했다는 보고를 올렸다. 아크마트의 혜안이 없었다면 정말로 방비하기 어려울 수도 있었다.

매가 이끄는 루 도인 선봉대는 제국 수도의 성벽에서 5000키나, 다시 말해서 100투름스 떨어진 곳에서 방어벽을 맞닥뜨렸다. 걸어서 행군하면 두 시간 정도 걸리는 거리였다.

주변에는 제국 동쪽에서 몰려온 피난민 주거지가 몇 개 있었으나 전쟁 냄새를 맡은 사람들은 다시 몸을 피했다. 매는 그들의 느린 꽁무니를 쫓아 몇 명을 벨 수도 있었지만 그만두었다. 체력을 낭비하지 않고 돌파해 수도 안으로 짓쳐 들어가면 그보다 수백 배는 큰 효과를 거둘 수 있었다.

-복장으로 미루어 보았을 때 까마귀와 제국 정예군이 힘

을 합친 듯합니다. 어떻게 할까요?

루 도인의 장군이자 에젠의 대장군인 무라면 무조건 전진을 외쳤을 것이다. 그러나 매는 망설였다. 그는 자기 군대의 힘을 믿었지만 그들 역시 사람일 뿐 신과 같은 힘은 없었다. 적의 주력이 처음부터 단단히 준비한 방어선을 뚫으려면 병력의 태반을 잃을 각오가 필요했다.

매가 이끄는 루 도인 군대는 수가 많지 않았다. 여기서 선불리 공격했다가 패배하면 전쟁의 첫 패배가 될 것이고 양쪽 군대의 사기와 전쟁의 향방에도 큰 영향을 줄 수 있었다.

매는 일단 병사들을 쉬게 하면서 고민을 거듭했다. 그의 얼굴에서 나는 땀은 계절에 걸맞지 않은 것이었다. 투명한 피부 때문에 겨울의 창백한 햇빛을 머금은 땀이 더 도드라지게 빛났다.

무 님이라면 전진해서 싸웠을 것이다. 예 님이라면 불필요한 희생이라고 생각했겠지. 예 님이 어째서 무 님이 이쪽으로 오는 것을 반대했는지 그 이유를 생각해 보아야 한다. 예 님은 루 도인의 생명을 아끼고 싶은 거다.

매는 자기의 선택이 옳다고 확신할 수 없었지만 병사들 앞에서는 단호하게 굴어야 했다. 그의 망설임을 병사들이 알게 되면 마음에 두려움이 심길 테고 잡초처럼 쑥쑥 자라날 것이 분명했다.

-우리는 방향을 튼다.

-어디로 말입니까?

-제국 수도를 왼쪽으로 크게 돌아 젤레즈니로 간다. 거기서 무 님을 도와 젤레즈니 여왕을 죽이고 공포를 불러오자. 그리고 무 님과 함께 다시 제국을 친다.

매의 말은 본인 생각에도 자신감 없게 들렸지만 병사들은 그의 말에 대체로 수긍했다. 루 도인 병사들은 충분히 휴식을 취한 후 방어선을 돌아서 달리기 시작했다.

방어선 안쪽에서 적을 대비하던 아크마트 대공과 바실 장군은 추격을 권하는 부하들의 청을 물리쳤다. 적의 이동 방향을 계속 확인하되 제국 수도로 오지만 않으면 충분하다고 여겼다.

-저들이 우리 땅과 백성을 해치지 않겠습니까?

-그런 건 작은 피해에 불과하다. 황제와 제국 정예군이 멀쩡하다면 말이다.

바실 장군의 말에 아크마트도 동의했다. 그들은 군인이었고 인정에 이끌리지 않았다.

제국 수도에 주둔하는 제국 정예군을 제1군,

에젠성에 주둔하는 제국 정예군을

편의상 제2군으로 부른다.

사람들이 농담 삼아 이름이

힘의 크기를 나타낸다고 말한다.

제2군이 제1군보다 대략 두 배는 강하다는 뜻이다.

XV

데네브가 그동안 누구도 알 수 없었던
남편의 비밀을 듣는다

데네브 젤레즈니는 왕의 딸로 태어났다. 세상에 머리를 내밀자마자 고귀한 사람 취급을 받았다. 왕의 첫 번째 자식인 그녀에 대한 기대는 거기까지였다. 젤레즈니는 역사상 여왕이 다스리는 시기를 경험한 일이 없었다.

왕비가 아직 젊었기에 금방 동생이 태어났다. 아들이었다. 모두들 장래의 왕이 태어났다고 기뻐했으나 지속되지는 않았다. 태어날 때부터 지나치게 가볍던 아기는 1년이 지나기도 전에 정체를 알 수 없는 열에 휩쓸리듯 세상을 등졌다.

동생의 장례식을 치를 때 아직 죽음이 뭔지 알 수 없는 어린 데네브는 하나도 슬프지 않았다. 그 시절의 기억이 흔히 그렇듯이 자라면서 금방 잊혀 다시 기억의 수면 위로 떠오르는 일이 없었다.

가족의 슬픔을 딛고 칼디 젤레즈니가 태어났다. 왕은 점쟁이를 불러 아들의 미래를 점쳐 보려고 했다. 본래 그런 일을 좋아하지 않았으나 예전의 비극이 마음에 걸린 탓이었다.

–아드님은 장수하실 것입니다.

차림이 쓸데없이 요란한 점쟁이가 한 대답은 왕이 가장 궁금해하던 내용이었다. 차기 왕이 오래 산다는 것은 나라가 평안하다는 예언이나 마찬가지였다.

–그러나.

그 뒤에는 좋은 말이 나오기 어려웠다. 점쟁이는 망설임을 숨기지 않았다.

왕은 그가 약속한 것보다 많은 재물을 받기 위해 술수를 부리는구나 싶어서 괘씸했지만 조바심이 났다.

–어서 말해 보게. 약속한 것보다 많은 대가를 줄 테니.

–그런 것이 아닙니다. 젤레즈니 땅에 살면서 어찌 왕을 상대로 어설픈 술수를 쓰겠습니까? 다만.

–어떤 말이라도 괜찮네.

그런 확답을 받고서야 점쟁이는 왕과 왕비와 그 품에 안겨 잠든 얌전한 아기를 번갈아 보다가 이해하기 어려운 말을 꺼냈다. 데네브는 당연하지만 그 자리에 초대받을 수 없었다.

–이름을 되도록 평민에 가깝게 지으십시오. 길고 휘황찬란한 이름은 안 됩니다. 좋지 못한 결과를 불러올 겁니다.

–왕이 될 사람의 이름은 격식을 갖추어 짓는 것이 아닌가?

어째서 그런 이름을 지으면 안 되는 거지?

－저도 그렇게 자세히는 모릅니다. 다만 앞길에 검은 구름이 끼어 있습니다. 아무튼 이름을 평범하게, 빛나지 않게 지으십시오.

점쟁이는 한사코 왕의 호의를 거부하더니 처음 약속한 대가만 받고 돌아갔다. 남은 사람들에게 고민을 안긴 것이 스스로 마음에 들지 않았는지 수심이 가득한 표정으로 왕궁을 나섰다.

그래서 아기의 이름이 칼디 젤레즈니가 되었다. 내막을 모르는 신하들이 차기 왕의 이름으로 적당하지 않다고 조언했으나 왕은 괴로워하면서도 받아들이지 않았다. 그깟 이름 때문에 아들을 또 잃는 슬픔을 감수할 사람이 어디 있겠는가.

데네브와 칼디는 무럭무럭 성장했다. 동생은 더 태어나지 않았다. 데네브는 자라면서 점점 총명함이 눈에 띄어 주위의 찬탄을 일으켰다.

－참으로 고귀한 왕의 자손이십니다.

그에 비하면 칼디는 누구에게도 감명을 주지 못했다. 무엇 하나 잘하는 것이 없고 맹한 모습이었다. 아버지는 딸과 아들을 번갈아 보며 남몰래 분통을 터뜨릴 때가 많았다. 어쩌면 이름 탓에 그렇게 된 것이 아닌가 후회할 때도 있었다.

칼디는 자기에게 주어진 기대를 모를 정도로 멍청한 아이가 아니었다. 그러나 태생적으로 두려움이 많았고 남들의 시선을 지나치게 의식하는 바람에 더 위축된 사람으로 성장했다. 칼디에 대한 안 좋은 소문이 너무 많이 퍼지는 바람에 사람들은 괜히 그를 더 유심히 보았고, 그러면 더 긴장해서 동작이 어색해졌다.

어느 날 칼디는 주위 사람들이 자신을 관찰하는 것에 당황한 나머지 같은 쪽 팔과 다리를 동시에 올리며 목각 인형처럼 뻣뻣하게 걸었다. 왕은 그 모습을 보고 내장이 아래로 내려앉을 정도로 깊게 탄식했다.

–저 아이가 왕이 된다면 나라가 어떻게 되겠는가?

이후에도 여러 가지 일이 있었다. 그 와중에 왕이 아들을 개미에 비유했다든가, 개미도 다스리지 못할 사람이라고 말했다는 이야기도 젤레즈니에서는 모르는 사람이 없었다.

두 남매의 어머니가 남편에게 권유한 것은 데네브가 열여섯 번째 생일을 넘겨 막 성년이 된 즈음의 밤이었다.

–데네브는 훌륭한 왕이 될 겁니다.

왕도 그렇게 생각하고 있었으나 정작 그 순간에는 숨이 막혀 대답하지 못하고 몸을 돌려 베개에 얼굴을 묻었다.

데네브가 젤레즈니 최초의 여왕이 되었을 때 누구도 반대하는 이가 없었다. 칼디는 누나가 자기 대신 왕이 된 것을 누구보다 기뻐하면서 본업인 나비 수집에 집중했다.

젤레즈니 여왕은 그렇게 모두의 기대를 지탱해야 했지만 사실은 권력 지향적인 사람이 아니었다. 동생이 왕이 되었다면 더 행복한 삶을 살 수 있었을 것이다. 그녀는 부모의 기대와 동생의 고통을 외면할 수 없어서 왕이 되었고 모두가 기대했던 것처럼 꽤 훌륭하게 역할을 수행하고 있었다.

유일하게 솔직한 사람이 될 수 있는 것은 세르피나와 단둘이 보내는 시간이 전부였다. 만약 세르피나가 없었더라면 자신이 폭군이 되었을 거라고 데네브는 생각했다. 신하들이 조금만 불충해도 당장 사형시키고 가족을 감옥에 가두는 사람이 되었을 것이다.

세르피나는 데네브를 석상처럼 단단한 여왕이 아니라 살이 물렁한 인간으로 이해해 주었다. 그리고 그녀가 참지 못할 상황이 되었을 때면 참지 말아야 한다고 일러 주었다.

그래서 데네브는 참고 참은 끝에 더 참지 못하고 대장장이 왕의 신전으로 달려갔다. 물론 세르피나도 함께였다. 둘은 소녀처럼 마차에서 소리를 지르며 오카브와의 만남을 기대했다. 그리고 작은 일탈은 거의 언제나 그렇듯이 더 큰 일탈을 불렀다.

여왕은 본래 날씬한 사람이고 옷은 언제나 풍성했기에 아직은 살짝 부푼 배를 감출 수 있었다. 그러나 그녀가 품은 아기는 하루하루 자라는 중이라 합법적인 절차를 모두 갖출 때까지 기다려 주지 않을 것이다. 여왕이 사생아를 낳는다고 해서 당장 무슨 일이 일어나지는 않겠지만 큰 망신이었다.

신하들이, 젤레즈니 사람들이 그녀의 행동을 어떻게 받아들일지 걱정이었다. 지금까지는 작은 실수도 저지르지 않으려고 조심하지 않았던가. 더 걱정되는 것은 오카브의 태도였다. 세상을 등진 그가 젤레즈니 여왕의 남편이라는 부담스러운 자리를 감당할 수 있을까?

그러나 오카브는 데네브의 우려를 배신하듯 겨울의 추위를 뚫고 혼자서 젤레즈니에 나타났다. 오랜 여행으로 뭉친 머리카락이 얼굴에 붙은 모습이 우스웠으나 태도로는 개선장군 같았다.

데네브가 미처 고려하지 못한 것이 하나 있었는데 그는 정말로 개선장군이었다. 거의 10년 전에 그가 젤레즈니를 구한 것을 모르는 사람이 없었다. 한때 대장장이 왕이었고 나라를 구한 사람이 여왕의 남편으로 부족하다고 말할 용기는 젤레즈니 곳곳에 박힌 적대자들에게도 없었다.

여왕의 임신 소식은 추문이 아니라 경사스러운 소식으로

탈바꿈했다. 드디어 저 고귀한 젤레즈니의 피가 계속 이어질 수 있게 된 것이다. 칼디가 결혼해서 후손을 남길 것으로 생각하지 않는 많은 사람에게 유일한 희망이 이루어진 셈이었다.

데네브가 마지막으로 어머니의 허락을 구하려고 갔을 때 이미 널리 퍼진 소문을 들은 그녀는 딸을 축복했다.

–너에게서 나올 아이 덕분에 이 나라는 영원히 이어질 것이다. 어서 네 남편이 될 사람을 데리고 오너라. 나도 그를 얼른 만나고 싶구나. 네 아버지가 살아 계셨다면 분명히 기쁨을 감추지 못했을 거다.

결혼식은 나라에서 가장 큰 대장장이 신의 신전에서 약식으로 치러졌다. 전쟁이 코앞에 다가와 있었고 또 오카브는 너무 성대한 행사를 좋아하지 않았다. 그러나 예식이 열리는 신전 바깥에는 사람들이 개미 떼처럼 모여 여왕의 얼굴이나마 멀리서라도 확인하고 복을 빌어 주려고 했다.

–이렇게 모든 일이 술술 풀릴 줄은 몰랐어, 세르피나. 그동안의 망설임이 어리석게 느껴져. 괜히 많은 세월을 허비했어.

여왕의 들뜬 말투를 알아챈 세르피나가 혼자서는 도저히 벗을 수 없는 예복의 등 부분 매듭을 풀면서 현자 같은 말을 했다.

–이 모든 일이 기다림으로부터 온 결실이라고 생각하지는

않으세요? 만약 결혼을 서둘렀다면 부군께서는 제국의 수배자인 상태로 젤레즈니에 사셔야 했을 거예요. 그분은 여왕님께 그런 짐을 지우지 못하셨을 분이고요.

-그건 확실히 그렇지.

-지금이야말로 가장 빠른 때예요. 두 분은 아직 젊으시니까요. 대장장이 신께서는 가장 적합한 시점에 오카브 님을 보내신 거예요.

-그 말이 맞아.

이날 젤레즈니 여왕은 행복에 취해서 바보도 쉽게 할 수 있는 대답만 했다. 세르피나는 혼자 떠들다가 지쳐서 집에 돌아갔다.

세르피나가 말한 가장 적합한 시점이라는 말은 여왕이 신혼의 행복을 만끽하고 있는 순간에 하늘을 향해 쏜 화살처럼 다시 돌아왔다.

대장군 무가 이끄는 루 도인 군대가 아무리 기마병 흉내를 내고 있다고는 해도 진군 속도에는 한계가 있었다. 그들에게는 여분의 말이 없었으니 종일 전속력으로 달릴 수 없는 탓이었다. 괴물에 가까운 제국산 말조차 사람에 필적하는 지구력을 지니지는 못했다.

그래서 무의 군대가 젤레즈니 여왕을 죽이기 위해 달려온다는 사실이 적의 도착을 불과 이틀 정도 앞두고 먼저 도달했다. 여왕은 그 이야기를 들으면서 남편의 손을 잡고 있었는데 갑자기 힘이 빠지는 바람에 오카브가 그 손이 땅에 떨어지지 않게 꽉 쥐어야 했다.

–루 도인 군대가 이 땅으로 오고 있다고? 병력이 많은가?

–그렇지는 않습니다. 겨우 100명 정도일 겁니다. 그러나 그들은 일당백의 용사로 알려져 있습니다.

일당백은 어디까지나 수사적인 표현이었지만 그 말대로라면 젤레즈니에는 병사가 만 명 필요했다. 젤레즈니가 갖춘 군대를 열 배로 불려야 그 정도가 되었다.

–급히 사람들을 동원해서 머릿수로 밀어붙이는 방법도 있습니다. 모두 죽음을 각오하고 싸울 겁니다.

소식을 전하는 보고자 옆에서 그렇게 제안하는 장군의 눈은 여왕과 남편이 꼭 잡은 손을 보고 있었다. 그는 여왕의 행복이 흔들리는 것을 진심으로 걱정하는 부류의 사람이었다. 여왕은 강인한 사람이고 훌륭한 지도자이지만 저 손목은 너무 연약하지 않은가. 그녀를 지탱하는 남자는 젤레즈니를 구한 영웅이지만 그의 손목 역시 부인과 다를 것이 없지 않은가.

그러나 손목이 가느다란 사람도 훌륭한 심지를 보이면 모두가 존경하게 되는 법이었다.

－백성의 살과 바꾸어 그들의 칼을 무디게 해서는 안 됩니다. 저들이 노리는 것은 내 목숨이에요.

명령을 받은 장군은 젤레즈니가 거느린 기존 병력으로 그들을 상대하기 어려움을 굳이 밝히지 않았다. 여왕은 이미 알고 있을 것이다.

－너무 나쁜 시점에 여기로 오셨어요. 떠나시라고 해도 떠나지 않으시겠죠?

－물론입니다.

그렇게 대답하는 오카브의 안색에는 불안감이 엿보였다. 그는 고민하고 있었다. 데네브는 그의 고뇌가 도망의 여부를 결정하기 위한 것이 아님을 알았다. 그러나 구체적으로 무엇인지는 알 수 없었다.

저녁 식사부터 잠자리에 드는 순간까지 오카브는 다른 생각에 홀린 사람처럼 굴었다. 여왕은 불안한 마음을 진정시킬 수 없는 상황에서 남편까지 그렇게 나오니 화가 났지만 참을 수 있을 때까지 참아 보려고 했다. 생애 첫 부부 싸움을 벌이는 것은 더 평화로운 순간으로 미루어 두고 싶었다.

저녁 내내 말이 없던 오카브는 데네브가 잠이 들었는지 확인하고 침대에서 슬며시 일어났다. 그는 어둠 속을 불빛 하나 없이 통과해서 나가려고 했다. 그 전에 언제 써 놓았는지 모르는 편지를 침대 옆 탁자에 남겼다.

–오카브, 어디 가시려는 거죠?

–잠깐 화장실에.

–언제부터 화장실에 갈 때마다 편지를 남기셨죠?

오카브의 재치도 그 순간에는 변비처럼 막혀 버렸다. 데네브의 눈에 타오르는 분노를 보면 뇌가 사라지고 혀가 굳는 느낌이었다.

–이 편지를 제가 직접 읽을까요? 아니면 그 입으로 설명하시겠어요?

그 모습은 영락없이 신하를 책망하는 여왕의 모습이었다. 비록 침대에 앉아 잠옷을 입은 모습이 위엄을 세워 주지는 못했지만 그래도 추궁을 받은 오카브에게 영향을 끼치기에는 충분했다.

–여기 앉으세요. 그리고 설명하세요. 도망치려고 한 것이 아님은 알고 있어요.

오카브는 그 말을 거역하지 못하고 침대에 걸터앉았다.

–데네브, 저는 모두를 속였습니다.

오카브의 고백은 그렇게 시작되었다. 고백을 듣는 동안 데네브는 엄격한 표정을 풀지 않았다. 그러나 평정을 유지하기 위해 억지로 만든 표정이라는 사실을 오카브도 쉽게 알 수 있었다.

–저는 젤레즈니를, 당신을 지키기 위해 카부스빌에 대장장이 신의 힘을 한껏 이용한 함정을 설치해 두었습니다. 제국 정예군은 홀로 그곳을 지키는 저를 비웃으며 달려들었다가 하늘이 사라지고 땅이 뒤집히는 규모의 재앙을 만났지요.

그가 홀로 참전한 전쟁이 끝났을 때 눈앞에 보이는 것은 시체, 그리고 또 시체들이었다. 오카브는 자신이 무슨 일을 했는지 알고 하늘을 향해 절규했다.

–신이시여, 저는 사람을 죽이는 데 힘을 썼습니다. 다시는 떳떳이 그 앞에 설 수 없는 죄인이 되었습니다. 이제 이 힘을 거두어 주십시오. 저는 이 자리에서 생명으로 저들의 생명을 갚겠습니다.

오카브가 말을 끝내자마자 쓰러진 것은 탈진 때문이었다. 땅에서 일어난 격렬한 변화에 하늘이 놀란 것처럼 구름이 몰려오더니 굵은 비가 쏟아졌다.

–저는 이대로 죽겠습니다.

오카브는 비를 맞으며 죽음을 기다렸다. 어쩌면 신의 꾸중이 있거나 몸에서 신의 권능이 빠져나가는 것이 느껴지기를 바랐다. 잘못을 저지르고 마땅한 벌을 받지 않는 것은 더 고통스러운 일이었다.

그런 그를 구하러 대장장이 신의 사제 가르젠이 달려왔다. 그는 아무것도 묻지 않고 오카브의 몸을 번쩍 들었다. 이것이 사람들에게 널리 알려진 이야기였다.

–그러나 사실은.

오카브의 떨리는 목소리는 그 순간으로 돌아간 것처럼 불안정했다. 그때 마음에 남은 고통이 다시 그날처럼 살아나서 쑤시기 시작했다.

–신은.

오카브는 데네브의 얼굴을 본 다음에 비로소 용기를 내어 이야기를 계속했다.

–신은 저의 힘을 거두지 않으셨습니다. 제 소원을 들어주지 않으셨어요. 저에게는 아직도 대장장이 신의 힘이 남아 있습니다. 더는 대장장이 왕이 아니지만요.

–뭐라고요?

–저는 버림받았습니다. 만약 그 힘을 거두셨다면 저는 기쁘게 받아들였을 겁니다. 그러나 신은 저라는 사람이 존재하지 않는 것처럼 아무 관심도 보이지 않으셨어요. 어쩌면 그게 궁극의 형벌이었을까요?

–오카브.

–그래서 저는 긴 세월 동안 스스로 마음의 감옥에 갇혀 줬

값을 치르며 살았던 겁니다. 세상에는 에이어리가, 새로운 대장장이 왕이 주어졌으니 저는 이제 세상에 존재하지 않는 사람이 되고 싶었습니다. 그러나 이 순간 당신과 같은 무고한 사람을 지키기 위해서는 다시 이 힘이 필요합니다. 다시 카부스빌로 가야 하는 상황이 되었습니다.

–오카브.

데네브는 안 된다고 말할 수 없었다. 그리고 어차피 오카브가 듣지 않을 것을 알았다.

–그렇다면 저도 같이.

오카브는 대답 대신 데네브의 배를 보았다.

만약에 일이 잘못된다고 해도 우리 아기를 지킬 수 있는 최선의 방법을 찾아야 하지 않을까요?

데네브는 고개를 떨구었다. 오카브는 데네브의 여리지만 강인한 어깨를 안아 준 다음 몸을 일으켰다.

–꼭 돌아올 겁니다.

데네브에게는 그 말이 덧없는 유언처럼 들렸다.

✦ 작품 해설 ✦

'전쟁 서사'로써 『대장장이 왕』이 갖는 의미

오세란 문학평론가

『대장장이 왕』 6권을 읽으며 차가운 바람이 부는 황량한 들판에서 나무들이 잎을 떨군 앙상한 가지들을 흔들어 대는 겨울이 떠올랐다. 이러한 겨울의 풍경 안에서 인물들은 겨울나무처럼 묵묵히 자기 역할을 다하며 봄을 준비하고 있다. 그 역할은 다름 아닌 지금부터 본격화될 '전쟁'을 대비하는 것이다. 많은 판타지 문학이나 게임처럼 이 작품 역시 '전쟁 서사'라는 이야기의 큰 틀을 가지고 있음에도 5권까지는 다양한 인물들과 그들이 엮인 사연 위주로 이야기가 진행되면서 전쟁 이야기는 흩어져 버려 그 큰 줄기와 의미를 파악하기 어려웠다. 6권에 이르러서야 비로소 『대장장이 왕』이 가진 전쟁 서사로써의 큰 틀과 전쟁에서 여러 나라와 인물이 어떤 역할을 맡고 있는지 점차 윤곽이 드러나는 듯하다.

전쟁에 감추어진 인간의 욕망

역사에서 전쟁은 한 나라가 다른 나라의 영토를 침략하여 주권을 빼앗는 사건이다. 힘이 센 나라는 약소국을 침범하여 갖가지 이득을 획득하려는 제국주의적 욕망을 드러낸다. 이러한 외부적 야욕 외에 전쟁은 나라 내부의 갈등을 외부로 돌리려는 내재적 원인 때문에 발생하기도 한다. 지도자나 권력층에게 문제가 있을 때 관심을 외부의 적으로 돌려 내부 갈등을 잠재우려는 속내를 우리는 역사에서 종종 목격한다. 어찌되었든 이러한 전쟁에서 가장 피해를 보는 사람은 그 땅에 살고 있는 평범하고 약한 백성들이다. 현실에서 전쟁은 절대로 일어나서는 안 되는 사건이다.

문학에서 전쟁은 어떤 의미를 가질까? 물론 문학에서의 전쟁 또한 앞서 언급한 전쟁 양상이 재현될 수도 있다. 그러나 동시에 문학은 전쟁 서사를 통해 사건이 내포하는 바를 섬세하게 살펴 인간에게 감추어진 욕망과 분열, 즉 인간의 내면과 무의식을 보여 줄 수 있다. '인간'이라는 존재에 대해 질문하는 것을 최고의 역할로 삼는 문학은 전쟁이라는 눈에 보이는 사건을 통해 인간이 품고 있는 보이지 않는 욕망의 뿌리를 강렬하고 섬세하게 보여 줄 수 있다.

『대장장이 왕』은 주권을 가진 독립 국가들이 서로의 국경을 넘나들며 벌이는 제국주의적 전쟁을 그리지 않는다. 표면적으로 전쟁 서사지만 이 작품에서 전쟁의 원인은 하나의 나라였던 국가의 '분열'에서 출발했다는 것에 좀 더 주목할 필요가 있다. 작품 초반 강한 힘을 가지고 변방을 위협하던 '제국'의 모습을 보면 제국과 주변 국가 간의 갈등이 이 이야기의 중심 서사가 될 것이라 생각하게 된다. 그러나 결국 현재까지 드러난 전쟁의 가장 큰 원인은 제국의 권력자들 간의 갈등이다. 본래 제국의 황제였던 오셀롯은 사촌 동생 팔라스 펠리스에게 왕위를 뺏긴 후 변방에 머물다가 에젠 공국으로 탈출한 후 그곳에서 에젠 공으로 자리를 잡고 호시탐탐 제국으로의 복귀를 노린다. 이 작품에서 가장 큰 전쟁의 원인은 배신과 분열이다.

에젠 공이 된 오셀롯은 6권에서 스스로 에젠 공국을 왕국으로 격상시킨다. 이러한 자리 배치는 에젠 왕국의 왕이 된 오셀롯이 제국의 황제 팔라스 펠리스와 벌이고자 하는 전쟁에서 대등한 위치로 싸우기 위한 전략임을 보여 준다. 작품 속 여러 나라들도 제국의 편에 선 나라들과 에젠 왕국의 편에 선 나라들로 나누어진다. 작품 속에 등장하던 나라들이 서서히 전쟁의 구도로 정렬하기 시작한다.

6권에서는 오셀롯의 지시 아래 에젠 왕국이 전쟁을 시작하는데 그 전쟁은 제국을 향해 바로 돌진하지 않는다. 그들은 중립을 표방한 자유 동맹과 애커, 그중에서도 애커를 먼저 침공하여 그들의 땅을 손에 넣는다. 또한 제국으로 향하던 군대는 잠시 발걸음을 돌려 젤레즈니 왕국으로 향한다. 이렇듯 에젠 왕국이 제국으로 바로 향하지 않고 인근 나라를 무력 등으로 침략하며 세력을 키우는 과정이 전개된다.

한편 독자들이 『대장장이 왕』의 1권을 떠올릴 수 있다면 작품의 대장정이 '스타인'의 아침에서 시작되었음을 기억할 것이다. 당시 오줌 세 방울이라는 아름답지 못한 별명으로 불리던 레푸스 왕자는 아버지의 죽음으로 왕이 되었고 그즈음 스타인 역시 각각의 공국으로 쪼개진다. 이 작품에 나타나는 또 하나의 전쟁은 레푸스 왕이 분열된 스타인을 하나로 합쳐 지난날의 권력을 되찾으려는 욕망에서 발생한다.

앞선 이야기에서 스타인의 분열로 인한 내전이 곳곳에서 벌어졌다. 가령 아크마트 공국과의 대결이 대표적이다. 6권에서 스타인 내 공국 간의 갈등은 여전히 진행된다. 이때 전쟁과 관련된 의외의 인물은 바로 레푸스 왕자의 스승이자 학자였던 플리니 공국의 플리니 대공이다. 플리니 대공은 작품 초반 권력자가 아닌 괴물에 정통한 조용한 학자의 면모를 보였다. 이번 편에서 그는 전쟁에 관한 깊은 식견과 냉철한 태도를 보여 준다. 그는 산지 사람들에게 스타인과 동맹을 권유하며 그 대가로 전쟁 후 독립을 약속한다. 플리니 공국을 찾은 스타인의 장군 마르쿠스가 그 약속에 동의할 수밖에 없는 것은 플리니 대공의 견해가 논리적이고 합리적이기 때문이다. 그는 학자일 때나 대공일 때나 변함없이 이성적인 방식으로 사건을 대한다. 레푸스 왕이 싸움을 벌이는 이유가 과거로 회귀하고자 하는 욕망에 붙잡혀 있기 때문이라면 플리니 대공은 그러한 욕망을 가지고 있지 않기에 전쟁에서 미래를 내다본다. 참고로 이 작품에서 스타인의 내전이 제국과 에젠 왕국 간의 전쟁에 어떤 영향을 미칠지도 관전 포인트다.

곁들여 마법사 왕국 역시 항상 마법사들 간의 긴장 상황이 벌어지고 있었으나 심각한 갈등이 표면화되는 것은 카분 다이아몬드가 욕망을 이루고자 행동을 개시하면서부터다. 또한 그 결과 이번 편에서 루비 카르멘과 라토, 아리셀리스는 변방으로 은신하게 된다. 카분 다이아몬드의 권력을 차지하려는 욕망은 원색적이고 저돌적이지만 그만큼 인간적이라 이야기를 생생하게 만든다.

작품은 인간의 욕망으로 인한 분열과 그 욕망을 달성하기 위한 저마다의 지략을 보여 준다. 전쟁의 원인이 분열로 인한 트라우마와 그 트라우마에 내재하는 무의식적 욕망이기에, 독자의 입장에서 나는 전쟁에서 어떤 나라가 승리를 거둘지보다 각각의 인물들이 품었던 욕망의 궤적이 어떻게 그려질지가 조금 더 궁금하다.

전쟁을 준비하는 용사들

전쟁을 승리로 이끌기 위해서는 누구의 역할이 가장 중요할까. 전쟁을 최종적으로 승인하는 인물은 한 나라의 왕이나 지도자이지만 전쟁에서 모든 책임은 장군에게 주어져 있다. 이제는 친숙해진 이름들, 제국의 까마귀들의 수장 '작', 아크마트 공국의 아크마트와 그의 아들 모제스, 스타인의 장군 마르쿠스, 플리니 공국과 관련된 슈타이어와 베르크만 등 자신들의 군대를 이끌고 있는 대장들의 활약을 지금까지 보았기에 작품의 후반부에도 이들의 성품과 용기가 전쟁의 판세를 얼마나 좌우할지 기대하게 된다.

그런데 이 작품의 전쟁에서 큰 역할을 하는 인물은 바로 '루 도인'들이다. 이 작품에서 각 권마다 한 번씩 화자로 등장하여 독자에게 호기심을 불러 일으키다, 5권에서 드디어 정체를 밝혔던 '나, 이름 없는 관찰자'는 6권에도 등장한다. 5권에서 그는 자신이 초대 대장장이 왕이었으며 루 도인이라는 인물을 만들어 냈다는 놀라운 사연을 밝혔다. 루 도인들은 바로 초대 대장장이 왕이 넘어서는 안 될 선을 넘어 인간과 비슷한 형상을 만들고자 했던 욕망의 결과물이었다. 그는 6권에도 등장해 대장장이 왕이 루 도인을 만드는 과정에 마법사 왕국의 왕이었던 세타세까지 관여되어 있었다는 비밀을 밝힌다. 그러니까 신의 영역에 도전하여 인간의 형상을 한 '루 도인'을 만든 사건에서 대장장이 왕의 계보와 마법사 왕국은 모두 자유롭지 못한 셈이다.

이렇게 창조된 루 도인의 가장 큰 특징은 강한 육체적 힘을 가졌다는 점이다. 당연히 이들은 전쟁에서 두드러진 활약을 할 수밖에 없다. 이들은 군인으로 혹은 각각의 소대를 맡고 있는 인물로 전투의 향방을 가를 것이다. 가령 제국의 까마귀들의 수장인 '작'은 정체가 알려지지 않은 루 도인이며, 6권에서 제국을 향하던 중 젤레즈니 왕국으로 기수를 옮긴 루 도인 선봉대의 대장군 '매' 역시 루 도인이다. 이 작품에서 루 도인들은 전쟁의 향방을 쥔 용사들이다.

한편 작품의 주요 인물인 라토와 아리셀리스는 전쟁에 본격적으로 참여하지 않고 변방으로 몸을 숨긴다. 이번 편에서 라토가 아리셀리스에 의해 왕위와 생명을 잃는다는 작품 초반의 예언이 실현된다. 그러나 그 예언은 표면적으로만 그렇게 보일 뿐 라토와 아리셀리스는 한 몸에 깃든 두 영혼이 된다. 그들은 카분 다이아몬드를 피해 루비 카르멘과 아녜시와 함께 루 도인의 땅으로 숨어든다. 루 도인의 대족장인 아베로에스는 이들의 상황을 알아채고 그들에게 머물기를 허락한다. 루 도인의 땅에 은신하던 이들이 다음 편에 어떤 활약을 할지 궁금하다. 이 사건 역시 앞으로의 전쟁을 예비한 포석일 가능성이 높기 때문이다.

우리의 주인공, 에이어리는 어떤가? 에이어리는 이번 편에서 작품에 등장하는 세 마리의 용들 중 두 번째 용을 만난다. 이전에 크룽홍다르흐를 만나 대장장이 왕의 새로운 문자를 받았다면 이번에는 자유 동맹을 300년째 다스리는 또 다른 용을 만나게 된다. 알고 보니 자유 동맹은 이름이 가진 근대 국가적 이미지와 달리 용이 다스리는 나라다. 작품에는 이 나라의 통치 방식에 대한 여담도 살짝 곁들여진다. 유능한 지도자가 나라를 평화롭게 다스리는 것과 개인에게 온전한 자유와 권리를 주는 방식에 대한 토론이다. 행복한 독재와 시끄러운 자유의 대비는 독자들의 토론도 필요한 부분이다. 이 작품에서 반복되는 권력과 힘의 문제를 떠올리면, 두 가지 통치 방식에 대한 이야기 역시 여담으로만 읽을 수 없는 예사롭지 않은 에피소드다.

6권을 읽으며 가장 즐거웠던 장면은 단연코 오카브와 젤레즈니 왕국의 여왕 데네브와의 사랑 이야기일 것이다. 그러나 이들 역시 전쟁에서 자유로울 수 없다. 에이어리의 스승이자 대장장이 왕이었던 오카브는 이전 전쟁에서 젤레즈니 왕국을 위해 대장장이 왕의 능력을 이용해 카부스빌에서 제국의 군대를 몰살했던 과거가 있다. 그는 이번 편에서 아내가 된 젤레즈니 왕국의 여왕 데네브, 아직 태어나지 않은 그들의 아이 그리고 젤레즈니 왕국을 위해 다시 한번 전장을 향해 떠난다. 루도인 선봉대의 대장군 '매'가 젤레즈니 왕국으로 기수를 돌리는 순간 오카브와 데네브의 짧고 달콤한 신혼 이야기는 불길하게 끝을 맺는다.

『대장장이 왕』은 6권을 지나며 서서히 제국과 에젠 왕국, 그리고 스타인의 내전이라는 전쟁 이야기가 가시화된다. 각각의 전쟁은 또 새로운 전쟁을 낳을 것이다. 때는 바야흐로 봄을 향하고 있다. 봄은 만물이 생동하여 산천이 초록이 되고 꽃들이 저마다 향기를 자랑하는 계절이지만 문학에서는 때때로 비극의 계절로 기억되기도 한다. 비극은 아름다운 시공간과 대비를 이룰 때 독자의 마음에 깊이 각인되기 때문이다. 그러니 나는 『대장장이 왕』 7권을 기다리면서도 곧 펼쳐질 봄의 전쟁이 두렵다.

대장장이 왕 6

아리셀리스와 라토가 마침내 그들을 옭아매던 예언을 완성한다

초판 1쇄 인쇄 2024년 6월 11일
초판 1쇄 발행 2024년 6월 19일

지은이 허교범
펴낸이 최순영

어린이 문학 팀장 박현숙
편집 김민정
키즈 디자인 팀장 이수현
디자인 진예리

펴낸곳 (주)위즈덤하우스
출판등록 2000년 5월 23일 제13-1071호
주소 서울특별시 마포구 양화로 19 합정오피스빌딩 17층
전화 02) 2179-5600 **내용문의** 02) 2179-5707
홈페이지 www.wisdomhouse.co.kr

ISBN 979-11-7171-228-1 44810
979-11-6812-417-2 (세트)